유혹

5

유혹

권지예 장편소설

민음사

가면무도회

다니엘과 계약 약혼 기간도 벌써 두 달이 되었다. 그동안 파리엔 여름이 무르익기 시작했다. 바캉스 철로 접어들기 시작하자 거리에는 관광객들이 들끓었다. 다니엘은 노르망디나 남불의 별장으로 휴가를 떠나자고 제안했지만, 유미는 사양했다. 대신에 몇 주씩 이어지는 바캉스 시즌으로 어차피 거의 모든 화랑이 문을 닫아 사업이 마비 상태니, 휴가차 한국에 다녀오겠다고 말했다. 계약서상으로는 다니엘이 갑이고 유미가 을인 관계지만, 두 사람의 관계는 서서히 변하고 있었다. 유혹의 심리전에서 유미가 우위를 선점한 것이다. 나약하고 때로는 광포한 양날의 칼 같은 다니엘의 성격에 유미는 재빨리 적응하여 이제는 유능한 검객처럼 그를 잘 이용하고 있었다. 가끔 그를 자극해 광포한 섹스를 즐기게도 되었으며, 예전에는 수줍게 고개 숙였던 그의 물건이 코브라 춤을 추게도 만들었다. 다니엘은 언제부턴가 유미의 피리 소리에 조종되는 한 마리 늙은

코브라가 되었다.

그 사이에 윤조미술관이 원하는 대부분의 작품을 거래했다. 유미는 커미션을 챙겼을 뿐만 아니라 정가와 스페셜 영수증의 차액 중에서 20프로를 떼어 냈다. 특히나 에릭을 통해서 데미안 허스트의 「나비」를 윤조미술관에 넘겨주고는 10억 원이나 되는 돈을 한꺼번에 챙길 수 있었다. 또한 에릭이 원하는 앤디 워홀의 「플라워」와 마티스의 유화를 다니엘에게서 넘겨주었다. 기브 앤드 테이크 정신에 입각한 페어플레이를 한 셈이다. 에릭과의 거래에서 유미는 원하던 데미안 허스트의 작품과 돈을 수중에 넣었다. 에릭이 말했던 세 가지 조건 중에서 이제 남은 것은 섹스. 에릭과 유미는 서로 욕망의 저울질만 미묘하게 했을 뿐 아직 섹스를 나누진 않았다. 아버지의 여자라는 약점과 위험 때문일까. 둘 사이엔 미묘한 밀고 당기기의 긴장이 있었다. 오히려 에릭과의 거래나 만남은 다니엘의 심리를 조종하는 유익한 미끼로 이용되었다. 그런 비싼 미끼는 아껴야 했다.

얼마 전에는 용준이 출장을 와서 일주일 동안 유미의 방에 머물다 갔다. 물론 용준과는 회포도 몸도 풀었다. 용준이 있는 동안 다니엘의 눈빛과 몸은 더욱 결기와 생기로 가득 찼다. 다니엘, 뇌 구조가 참 이상한 남자다. 가끔 그런 생각이 들지만, 자동차를 잘 몰면 되지 수리나 정비까지 손수 할 필요는 없다고 유미는 생각한다. 유미는 출장 중인 용준을 위해 윤조미술관 관련 실무를 도와주기도 했고, 1박 2일 동안 그와 브르타뉴 바닷가로 여행을 가기도 했다. 용준은 해외 작품 구매를 성공적으로 추진한 자신의 실무 능력에 윤조미술관이 전폭적인 신뢰를 보내고 있다고 자랑했다. 곧 출산이 임박한 강애리가 산후 조리를 끝낼 때쯤에는 수집한 작품으로 「해외 거장전」을 열 기획을 준비 중이라고 했다. 그리고 조만간 윤동진이 파리에 출장 와서 로즈라는 여자를 만나 감사를 전하고 싶어 한다는 말도 덧붙였다. 윤 회장이 개인적으로 피카소의 작품을 구해 달라고 부탁했다는 말도 덧붙였다. 유미는 그 모든 이야기를 무심하게, 그러나 미묘한 미소를 머금고 들었다.

유미는 자신의 돈으로 다니엘이 소장하고 있는 그림을 싸게 구입하고, 에릭의 조언대로 경매에 싸게 나온 그림들을 구입해서 따로 그림을 모으고 있었다. 어느 날, 다니엘에게 유미는 조심스럽게 제 생각을 말했다. 한국에 다니엘 뒤 시엘 화랑 지점을 열고 싶다고. 하지만 이름만 빌릴 뿐, 실제로는 작지만 소박하게 자신의 화랑을 운영해 보고 싶다고. 다니엘은 잠시 생각에 잠겼다.

"한국으로 도망가려는 건 아니겠지?"

"제가 화랑을 열어야 오히려 당신과 오래 끈이 이어진다는 걸 모르세요? 한국과 프랑스를 오가면 당신과의 관계에서, 당신이 말하는 그 연애의 원근법도 생기고요."

다니엘이 고개를 끄덕였다.

"나쁘진 않을 거 같네."

"당신은 사업상 좀 더 진취적일 필요가 있어요."

"그래, 로즈가 원한다면 도와주지."

"정말이죠? 당신은 정말 멋져. 이러니까 내가 당신에게서 헤어나질 못한다니까."

"요런 깍쟁이!"

다니엘이 유미의 볼을 꼬집었다. 유미가 다니엘의 목을 껴안고 쪽쪽 소리가 나게 입을 맞췄다.

"이번에 서울 가서 사업 구상과 계획을 세워 보겠어요."

"너무 오래 걸리면 안 돼. 곧 우리 계약도 새로 갱신해야 하잖아."

짐작대로 계약 약혼은 자동 연장되나 보다.

"계약 만료 전엔 올게요. 아니면 당신이 서울로 와도 되고요."

"음, 그래."

"그런데 다니엘, 화랑을 열려면 제 그림을 좀 더 사야겠어요. 에릭의 경매 회사에도 좀 부탁하고……."

다니엘의 눈치를 보며 유미가 생긋 웃었다. 다니엘의 호흡이 살짝 거칠어지는 걸 느끼며 유미가 말했다.

"아유, 또! 또! 그러지 좀 말아요. 덕분에 에릭과 손을 잡으니 매출도 더 오르고 작품 흐름도 파악하고 당신도 좋잖아요."

"뭐, 그래. 로즈 덕분이지. 로즈가 가운데서 양쪽 손을 하나씩 잡아서 그렇지, 로즈가 손을 놓아 버리면 당장 주먹들이 나갈걸."

"부자지간에 왜 그렇게 못 잡아먹어서 난리예요? 참! 피카소 작품 중에 가격이 아주 세지 않은 걸로 소장하고 있는 게 있어요?"

"음, 「비극」이란 작품이 있을 거야. 초기 청색 시대 작품이지."

"그거 저한테 주세요. 계약 만료 시에 주기로 약속한 그림으로요."

"글쎄, 비싸다기보다는 좀 귀한 거라…… 생각해 볼게."

가끔 유미는 프랑스에서 새로 개막한 제2의 인생이 나쁘지 않다는 생각을 해 본다. 인생이란 전화위복, 새옹지마, 반전이 있기 때문에 웬만한 소설보다 더 재미있다. 물론 다니엘을 만난 건 천운이라

할 수 있다. 다니엘의 성 '뒤 시엘(Du Ciel)'의 뜻이 '하늘로부터'이듯이, 아직 하늘은 이 오유미를 굽어살피고 있는 것이다. 반년 동안의 이 기적적인 성공이 유미는 대단히 만족스럽다.

게다가 이 천운의 인맥은 새끼까지 쳤다. 유미는 샹젤리제 근처 고급 부티크들이 늘어선 몽테뉴 가에 위치한 베르나르의 아파트에 몇 번 들렀다. 유미가 그의 전화번호를 처음 눌렀을 때 그는 유미가 무엇을 원하는지 단박에 알아챘다. 유미도 그의 붓을 알아보았다. 첫 만남에서 그는 유미의 옷을 벗겨 냈고 자신의 수염을 붓 삼아 유미의 알몸 위에서 멋진 애무를 했다. 그리고 그 이후엔 진짜 붓으로 유미가 주문한 그림을 완벽하게 그려 냈다.

그와 처음 만난 날 그의 집에서 좋은 와인을 곁들인 식사를 하고 나서 유미는 창밖을 내다보고 있었다. 분위기 좋은 샹송이 흐르고 창밖으로는 황금빛 에펠탑이 밤하늘에 빛나는 밤이었다. 어느새 그가 유미에게 다가왔다. 유미는 그날 등이 깊게 파인 드레스를 입고 있었다. 맨 처음 몸에 닿은 것은 그의 입술보다는 무성한 수염이었다. 유미의 등 뒤에 선 그가 수염으로 유미의 귓불을 지나 목덜미를 거쳐 벗은 등의 등뼈를 부드럽게 쓸었다. 척추 신경이 팽팽하게 긴장하고 간질간질한 수염의 감촉으로 온몸의 감각이 섬모처럼 섬세하게 깨어났다. 그런 애무는 촉촉하고 부드러운 혀의 감촉과는 또 달리 털끝마저 곤두서게 짜릿짜릿했다. 솜털이 전기가 통하듯 오소소, 일어섰다. 그 후 혼자 있을 때면 유미는 그의 수염이 몸에 닿는 감촉을 가끔 그리워하곤 했다.

오늘 서울 가는 왕복 비행기 표를 예약하고 유미는 몽테뉴 가의 샤넬 매장에 들러 핸드백을 하나 샀다. 베르나르가 집에 있을까 싶어 전화했더니 그는 마침 집에 있었다.

"베르나르, 부탁한 내 꽃 다 됐어?"

"어제 마지막 마무리 다 했지. 어디야? 오오, 나의 꽃!"

"당신 집 근처."

"얼른 와. 보고 싶어. 그리고 보여 줄게."

유미는 지체 없이 베르나르의 집으로 갔다. 유쾌한 성격의 베르나르는 유미와 동갑이었다. 그래서인지 처음부터 편해서 친밀하게 반말을 하기로 했다. 거실에 앉아 있으니 한창 작업하다 나왔는지 그의 몸에서는 짙은 소나무 향 테레빈유 냄새가 났다. 그가 차가운 샴페인 한 잔을 가져다주었다. 샴페인 한 모금을 입에 문 그가 유미의 입술을 열고 술을 부었다. 술이 그의 수염으로도 흘러내렸다. 유미는 샴페인에 젖은 그의 수염을 혀끝으로 핥고 입술로 빨았다. 베르나르가 유미에게 속삭였다.

"씻고 올게."

유미는 그의 셔츠에 코를 박으며 말했다.

"아냐, 씻지 마. 나 테레빈유 냄새 너무 좋아해. 참, 먼저 보여 줄래?"

베르나르는 유미를 작업실로 데리고 갔다.

"어머, 세상에! 완벽해."

"당연하지. 누구 실력인데."

유미가 탄성을 질렀다. 앤디 워홀의 「플라워」 시리즈 중 하나가 완벽하게 재현되어 있었다. 다니엘로부터 에릭에게 건네지기 전에

유미는 오리지널을 들고 와서 베르나르에게 먼저 모사를 맡겼던 것
이다. 그 옆에는 좀 전까지 작업했던 건지 피카소의 「우는 여인」이
미완성인 채로 서 있었다.

"포장해 둬. 모레 차 갖고 와서 실어 갈게."

"알았어. 로즈, 이젠 너의 플라워를 보여 줘."

"그런데 저 피카소는 누구 거야?"

"비밀."

"좋아. 우리의 모든 비밀도 무엇이든 무덤까지 갖고 가는 거야.
끝까지 비밀 지켜 줘. 에릭에게도, 다니엘에게도. 누구에게든."

"난 그런 건 목숨 걸고 지켜. 이 바닥에선 그림 그리는 거보다 그
게 훨씬 더 중요한 거니까."

"조만간 피카소를 부탁하게 될 거야."

"피카소는 특히 내 전문이지. 걱정 말고. 자, 이리 와."

베르나르는 유미의 손을 끌고 침실로 데려갔다. 거칠게 옷을 벗
겨 내는 베르나르의 손길을 살짝 제지하며 유미는 풍성한 붓처럼
멋진 그의 갈색 턱수염을 쓰다듬었다.

"무엇보다도 내가 제일 맘에 드는 그림은 베르나르가 내 몸에 수
염으로 그리는 그림이야."

유미는 등을 보인 채로 엎드렸다. 베르나르를 만나고 나서 등이
그토록이나 못 견디게 좋은 성감대인 걸 처음 발견했다.

"난 사실 붓으로 그리는 거보다는 정이나 망치로 쪼는 조각이
더 좋은데."

베르나르가 앞뒤로 허리에 반동을 주는 시늉을 하며 웃었다.

"난 요즘 터치가 부드러운 그림이 좋아. 베르나르, 부드럽게 그려 줘."

유미가 눈을 감았다. 테레빈유 냄새가 밴 베르나르가 유미의 등과 엉덩이를 오르내리며 수염으로 애무를 하자 유미는 마치 자신의 몸이 캔버스처럼 색으로 채워지는 느낌이 들었다. 감은 눈 속으로 아름다운 색채들이 떠올랐다. 베르나르는 더 이상 감질나서 못 참겠다는 듯이 유미의 두 다리를 번쩍 가윗날처럼 벌리고 대들었다.

"로즈, 네 꽃이 예쁘게 피었다."

베르나르의 수염이 아래에 닿자 눈을 감은 유미에게는 조지아 오키프의 붉은 겹꽃의 이미지가 어른거렸다.

                                    *

'장밋빛 인생'에 다시 먹구름이 낄 조짐이 보였다. 베르나르와의 은밀한 만남 후에 집으로 돌아온 유미는 홍두깨에게서 온 메일을 발견했다.

잘 지내겠지요? 운명이 당신을 이끌어 우리는 곧 만나게 되겠죠. 몇 달 집을 비운 사이에 다녀가셨네요. 관리인으로부터 당신의 연락처를 받았습니다. 조만간 연락드리겠습니다.

갑자기 머리가 하얘졌다. 전에 서울에서 알아본 IP 추적 정보에 의하면 외국의 네티즌이라더니. 그러면 홍두깨는 역시 그때 이브리

주소지의 그 입주자인가! 지난봄에 이브리의 서민 임대 아파트를 찾아갔을 때 그곳엔 아무도 없었다. 허탕을 친 유미는 관리인에게 전화해서 그들이 돌아오면 연락을 달라고 부탁하며 자신의 전화번호를 남겼다. 운명의 그림자를 피할 수는 없다. 그림자를 피한다고 실체를 피할 수 있을 것인가. 정면으로 대결하는 수밖에 없다. 유미는 마음을 가라앉히고 나서 답 메일을 썼다.

홍두깨님, 당신은 누구신가요? 당신 역시 저를 기다리고 있었던 것 같군요. 그래요. 당신을 한번 만나고 싶습니다. 당신 연락처를 주십시오. 아니면 제가 지난번 그 아파트로 찾아가면 되겠지요?

메일을 보낸 지 두 시간 만에 답장이 왔다.

아파트로 찾아오실 필요는 없습니다. 거긴 지금 비어 있으니까요. 다만 아파트로 꼭 찾아오시겠다면 조건이 있습니다. 제가 지정하는 날짜와 시간에 10만 유로짜리 수표를 아파트 우편함에 넣어 놓으시면 제가 찾도록 하겠습니다. 물론 답례품을 잊지는 않겠습니다.

10만 유로라면 1억 5000만 원이 넘는 돈이다. 그가 말하는 답례품이라면 인터넷에 퍼뜨리겠다던, 이유진과 찍은 동영상 아니겠는가. 그 동영상을 1억 5000만 원이나 되는 돈으로 막아야 하는 건가. 그런데 이것은 검은 거래의 시작에 불과한 거 아닐까? 만약 유미가 이유진을 죽인 걸 홍두깨가 알고 있다면, 그다음엔 그걸 빌미로 삼아 점점 더 큰 돈을 뜯어내는 거 아닐까? 그렇게 되면 헤어 나올 수 없는 파멸의 늪으로 빠질지도 모른다.

유미는 온몸이 떨려 왔다. 다니엘에게는 몸이 아파 쉰다고 말하고는 자리에 일찍 누웠다. 하지만 만약 1억 5000만 원으로 그 동영상 파일을 돌려받고 이유진의 죽음을 영원히 묻을 수만 있다면, 그건 꽤 괜찮은 거래 아닌가. 1억 5000만 원이란 돈은 어떡하든 만들 수 있을 것이다. 하지만 먼저 그가 누구인지 알고, 그의 목표가 정확히 무엇인지 알아야 한다. 유미는 다시 메일을 썼다.

답례품을 주시겠다는 당신의 제안은 고맙기도 하고 황당하기도 합니다. 저로서는 답례품이 그 금액에 합당한지 먼저 따져 보아야 할 거 같군요. 당신의 신원을 먼저 밝혀 주시길 바랍니다. 제가 신뢰할 수 있고 안심되는 조건이 아니라면…… 생각을 좀 해 보겠습니다.

이번에는 상대방도 곧바로 답장을 보내왔다. 아마 컴퓨터 앞에 지키고 앉아 있는 것 같았다.

생각을 좀 해 보시겠다? 뭐, 당신은 그러시든가요. 저로서는 너무 오래 기다린 거 같은데 말이죠. 당신이 신중하게 오래 생각해서 판단하시겠다면 저도 할 말은 없습니다. 제겐 하고 싶은 말이 없고, 이제 행동만이 남았거든요. 제가 기다려 드려야 할 이유가 없을 듯한데요. 제가 좀 성격이 변덕스러워 어찌 될지 모르겠습니다. 폭탄을 앞에 두고 생각에 잠긴 당신이 안타깝습니다. 이번에는 곧 당신이 파멸을 맛볼 차례군요. 아듀!

유미는 온몸에 소름이 돋았다. 이번에는 곧 당신이 파멸을 맛볼 차례군요. 아듀! 이 문장이 계속 머리에 맴돌았다. 그리고 난데없는 확신! 아, 그렇구나. 홍두깨는 이유진의 비밀을 알고 있구나.

유미는 밀려드는 공포와 불안감으로 뛰는 가슴을 누르며 노트북을 바짝 끌어당겼다. 일단 홍두깨가 미쳐 날뛰지 않게 진정시켜야 한다. '홍두깨'가 그야말로 '망나니의 칼'이 되지 않도록.

홍두깨님! 제 말은, 생각은 신중하게, 판단은 빠르게 하겠다는 뜻이었습니다. 합당한 조건이라면 받아들일 수도 있습니다. 다만 제가 당신을 꼭 한 번 만나고 싶습니다. 수표는 갖고 나가겠습니다. 그 자리에서 신속하게 판단하고 결정할 수도 있습니다. 그러니 저를 한 번만 만나 주세요. 시간과 장소를 알려 주시면 제가 나가도록 하겠습니다.

유미는 메일을 보냈다. 그러고 나서 노트북을 끼고 앉아 계속 수신 확인을 체크했다. 아까와 달리 홍두깨는 약을 올리듯 메일을 열어 보지 않았다. 새벽 2시가 넘어서 노트북을 닫으려고 마지막으로 확인하니 5분 전에 수신 확인이 되어 있었다. 그러나 홍두깨는 새벽 4시가 되도록 답을 하지 않았다. 유미는 계속 잠을 이루지 못했다. 그때의 그 사건을 떠올리지 않으려고 애를 썼지만 이유진의 최후가 성가신 배너 광고처럼 머릿속에서 명멸했다. 유미 인생의 발목을 잡고 가슴속에 가시로 박힌 그 일을 얼마나 묻어 버리고 싶었던가. 그 이후 그 사건은 티끌처럼 정말 흔적 없이, 아무도 모르게 사라져 버렸다. 너무도 말짱하고 감쪽같이 생이 이어지는 게 신기해서 유미는 그 일이 현실이 아니라 마치 희미한 악몽처럼 느껴졌다. 오히려 그 일로 인해 자신이 더욱 강해지고 악을 다스릴 수 있는 주술적이고 신비한 힘을 부여받은 거 같은 묘한 쾌감이 들기도 했다. 세상에 무서울 게 없었다. 선과 악을 잘 분리수거 하면 악이 냄새를 피울 일은 없을 듯했다. 어쩌면 세상의 승리자는 악을 잘 다스리는 자다.

아아, 그런데…… 유미는 악몽 같은 그때의 일을 떨치려는 듯 베개에 묻은 머리를 흔들었다. 그러나 그것은 끈질긴 거머리처럼 떨어지지 않았다. 유미는 어금니를 꽉 물고 다시 일어나 앉았다. 어차피 이미 행해진 악이라면, 피하지 말자. 차라리 악과 정면 대결하여 분석하고 전화위복이 될 수 있도록 바늘구멍만 한 숨구멍이라도 찾아보자. 살인의 추억은 끔찍하지만, 그때 그 시간 속으로 두려움 없이 걸어 들어가 보자. 유미는 술 생각이 간절했으나 일부러 욕실로 갔다. 몸에 걸친 옷을 다 벗고 알몸으로 찬물을 튼 샤워기 아래에 섰다. 눈을 감고 차가운 물세례를 맞으며 한동안 서 있었다. 정신이 번쩍 들었다. 거울 속에는 눈 속에 핀 겨울 장미처럼 싸늘한 유미의 얼굴이 보였다.

그러니까, 그날…… 이유진의 최후의 날이 파노라마처럼 거울 속에 아련히 펼쳐졌다. 당시 유미는 이유진과 나체촌에서의 조우 이후 3년째 연애를 이어 오고 있었다. 이유진의 작품을 위해서 모델로 서는 경우도 많다. 프랑스의 전설적인 예술가들과 모델들의 관계처럼 유미는 이유진에게 연인이자 뮤즈의 역할을 다하고 싶었다. 게다가 고아인 유미에겐 혈육 같은 오빠와 후견인 역할을 하는 그의 존재가 든든했다.

그러나 그는 비밀이 많은 남자였다. 유미가 함께 살기를 원했지만, 그는 그럴 수 없는 자신의 처지를 이해해 주길 바랐다. 유미에게 도움을 주는 독지가를 배신할 수는 없다고 했다. 그가 알면, 그건 고양이에게 생선을 맡긴 꼴이 되는 거라며 유미와의 연애를 철저히 비밀에 부치기를 원했다. 유미와 사귀게 되자 그는 작업실을 교외로 옮겼다. 대신에 유미의 집과 가까운 곳에 몰래 원룸을 얻고 싶어 했다. 유미가 폴에게 부탁하여 파리에 작은 월세 원룸을 임대할 수 있게 도와주었다. 그는 유미를 만나러 오거나 파리에 일이 있을 때만 잠깐씩 원룸에서 기거했다. 그는 대부분의 시간을 파리에서 자동차로 한 시간 거리의 교외에 있는 작업실에서 보냈다. 유미는 그게 늘 불만이었지만, 새로 시작한 학업에 박차를 가하는 데도, 또 이유진의 예술 세계를 지켜 주는 데도 서로 거리를 유지하고 독립적으로 지낼 필요가 있다고 동의했다.

오히려 그런 상황이 유미를 연애에 더 감질나게 했다. 수시로 냉탕과 온탕 드나들듯이 냉정과 열정을 조절하는 이유진이 어떨 때는 얄미웠다. 쉽게 손아귀에 들어오지 않는 적수처럼 늘 유미를 긴장하게 만드는 남자였다. 그런데 언제부턴가 그가 유미를 조금씩 피하는 것 같았다. 만나자고 해도 작업할 게 많다는 둥 촬영 여행을 떠나야 한다는 둥 핑계를 댔다. 또 언제부턴가 그의 눈빛이 불안과 공허의 중간쯤을 맴도는 것처럼 보일 때도 있었다. 여자가 새로 생긴 걸까? 아니면 숨겨 둔 여자가 있는 걸까? 그럴 때마다 유미는 자신의 생일날, 처음 유진의 방에 갔을 때 보았던 사진 속의 누드모델을 떠올렸다.

불안한 기류가 흐르던 그 무렵, 한 남자가 둘의 인생에 끼어 들어왔다. 어느 날, 우연히 한국 식당에서 황인규를 보게 되었다. 점심으로 비빔밥이나 한 그릇 사 먹고 가려고 홀로 들른 한적한 식당에 영어를 쓰는 사람들만 한 테이블을 차지하고 있었다. 그때 '콩글리시'를 쓰는 한국 사람의 억양이 들려왔다. '코리안 칵테일'이라는 한국의 술에 대해 이야기하고 있었다. 아마 폭탄주 문화에 대해 이야기하고 있는 듯했다. "리얼리?" "오 마이 갓!" 유창하지 않은 영어로도 좌중의 이런 호들갑스러운 반응과 관심을 이끌어 내는 남자가 궁금해서 바라본 순간, 오 마이 갓! 유미는 그가 지완의 남편 황인규라는 걸 알아봤다. 유미와 눈이 마주친 그도 말을 멈추고 눈이 둥그레져서 유미를 쳐다보았다. 유미에게 와서 악수를 청한 그는, 와인 소믈리에 과정을 공부하기 위해 두 달 동안 프랑스에 머무르고 있다고 했다. 이제 거의 막바지라 3주 후면 요리 공부를 하고 있는 이탈리아로 다시 떠난다고 했다. 유미는 자신도 유학 중임을 얘기하고, 1년 반째 떨어져 있다는 한국의 지완과 아이들 소식을 그에게 물었다. 인규 일행이 식사를 끝내고 일어서는 시점이라 서로 연락처만 주고받은 뒤에 곧 헤어졌다.

며칠이 지나 인규가 몽파르나스 타워에 있는 레스토랑에서 함께 저녁이나 먹자며 유미에게 연락했다. 인규는 와인이 좀 들어가자 금세 끈적한 눈빛이 되었다. 오래 굶주린 짐승의 눈빛. 왜 아니겠는가. 그는 2년 가까이 집을 떠나 있는 남자였다. 그러나 첫날은 그대로 헤어졌다. 두 번째 만남은 답례로 유미가 자신의 집으로 식사 초대를 했다. 그때는 못 이기는 척하고 인규의 유혹에 넘어가 함께 갔다. 아니, 유미가 오히려 인규를 조종했다. 유미는 인규를 테스트하고 싶었다. 이유진의 질투심과 관심을 끌기 위해 그를 이용할 수 있을지를……. 많이 굶주린 인규는 그가 만든 어떤 요리보다 맛있는 성찬인 유미와의 섹스에 기꺼이 굴복했고 정신없이 탐닉했다. 유미 또한 묘한 희열을 느꼈다. 그건 모든 걸 다 갖춘 친구의 남편을 빼앗았다는 묘한 만족감과 유진의 모호한 태도를 응징할 수 있겠다는 승리감이었다. 게다가 인규와의 섹스는 예상보다 너무도 좋았다. 사실 처음엔 별 기대 없이 장난처럼 시작한 섹스였지만, 충만감이라기보다는 포만감에 가까운 섹스였다. 마치 정글 속 포식자들의 성찬처럼 질펀하고 흐벅진 맛이 있었다. 인규는 몸과 정신, 그리고 말투와 매너가 솔직하고 야생적이고 진취적이었다. 유미는 그의 매력에 빠지기 시작했다.

그녀보다 인규가 더했다. 그는 마치 강력한 환각제나 마약에 빠진 사람처럼 유미에게 급속히 중독되기 시작했다. 자신이 만나 본 어떤 암컷보다 새로운 품종 개량종이라며, 이 종(種)을 위해서는 자신이 종(從)이 되어도 여한이 없다고 흥분했다. 유진이 느슨한 틈을 타 두 사람은 거의 매일 만났다. 인규가 이탈리아로 돌아가야 할 날이 다가오고 있었다.

그러던 어느 날, 유진이 예고도 없이 갑자기 찾아왔다. 마침 그날은 인규가 유미의 집으로 찾아온 날이었다. 섹스 후에 인규는 유미에게 요리를 해 주기 위해 부엌에 있었다. 포만감에 짖은 섹스는 금방 위장의 허기를 몰고 왔다. 요리사 과정을 이수 중인 예비 셰프 인규는 벌거벗은 채 부엌에서 휘파람을 불며 경쾌하게 당근과 감자를 채 써는 중이었다. 유진이 누른 벨 소리를 듣고 유미는 잠깐 망설였다. 집에 없는 척 문을 열어 주지 않는다면 유진이 갖고 있는 열쇠로 직접 문을 열지도 모른다는 생각이 들었다. 부엌문을 닫고 인규의 옷을 침대 밑에 급히 감추었다. 사태를 알아차린 인규는 부엌에 갇힌 채 경악 상태에 빠져 있었다. 가끔 유미는 차라리 유진에게 인규의 존재를 눈치채게 하고 싶기도 했다. 애초에 인규는 유진을 자극하기 위한 도구나 마찬가지 아닌가. 아, 하지만 이건…… 유미는 유진을 맞으면서 최악의 상황을 떠올렸다.

"웬일이야? 연락도 없이?"

유미가 슬립 위에 가운을 걸치면서 태연하게 말했다.

"갑자기 보고 싶어서…… 그런데 오늘은 일찍 잠자리에 들었네?"

"응, 피곤해서 일찍 자려고……."

유진은 별 의심 없이 흐트러진 침대 위를 바라보았다. 그의 눈빛이 이상하게 공허하게 느껴졌다. 왠지 그는 자신의 생각에 골똘히 빠져 있는 모습이었다.

"오빠, 무슨 일이 있었어?"

그는 대답 대신 유미에게 망설이면서 입을 열었다.

"……묻고 싶은 게 있어."

"뭔데?"

"넌 정말 나를 사랑하니?"

"갑자기 무슨 소리야?"

유미는 부엌에 있는 인규가 신경이 쓰여 미칠 지경이었다.

"그러지 말고 오빠, 우리 나가서 밥 먹으며 얘기할까?"

그러자 유진이 유미의 팔을 잡고 놓아 주지 않으며 재차 물었다.

"대답해 봐."

"으음…… 너무 사랑하지."

"그래?"

"응……."

"그럼, 지금 짐 챙겨."

"무슨 소리야?"

"떠나자. 빨리 간단히 짐 챙겨. 차 갖고 왔어. 이유는 나중에 얘기해 줄게."

"어딜 가는데?"

"좀 급해. 너 태우고 작업실에 잠깐 들러서 나도 뭘 좀 챙겨서 떠나려고."

"글쎄, 어디로?"

"일단 당분간 떠났다가 사태를 보고……."

"왜?"

"그건…… 나중에 차차 말해 줄게. 지금 얘기할 수 있는 건 널 사랑해서라는 것뿐. 너, 날 믿지?"

유진이 유미의 어깨를 붙들고 유미를 응시한 채 물었다. 유미는 거부할 수 없는 힘을 느끼고 고개를 끄덕였다. 유진에게 무슨 급한 사태가 발생한 게 분명했다.

"그럼 차에 가 있어, 오빠. 내가 짐 챙길 테니까. 이게 무슨 날벼락이래?"

그 와중에도 유미는 유진을 인규와 떼어 놓기 위해 온갖 잔머리를 굴리고 있었다.

"아, 목이 타. 나 물 좀 줘. 아! 냉장고에서 찬물 좀 꺼내 마셔야겠다."

유진이 부엌 쪽으로 걸어가려 하자 유미가 급히 가로막았다.

"오빠, 침대에 잠깐 앉아 있어. 안색이 안 좋다. 내가 찬물 가져다줄게."

유미가 유진이 침대에 걸터앉는 걸 보고는 부엌으로 향했다. 부엌문 안쪽에서 벌거벗은 인규가 당근을 썰던 식칼을 든 채 벌벌 떨고 있었다. 부엌은 출구 없는 감옥과 마찬가지였다. 유미는 그와 눈을 마주치며 손가락을 입술에 가져다 댔다. 유미가 냉장고를 열어 생수를 꺼내 방으로 들어갔다. 그런데 방으로 들어가자 유진이 무언가를 손에 쥐고서 유미를 노려보았다.

그것은 남자의 팬티였다. 침대 밑에 밀어 넣은 그것이 어떻게 유진의 손에 있지? 유미 또한 그걸 처음 본다는 듯이, 뭐지? 하는 눈으로 바라볼 뿐이었다. 너무 정신이 없어서 침대 밑에 미처 제대로 숨기지 못한 걸까?

"이거 뭐니?"

"오빠, 진정해. 이건 다만⋯⋯."

유진이 이를 갈며 낮은 소리로 물었다.

"너, 대놓고 창녀질이니?"

"그게 아니라…… 오빠. 요즘 내게 뜨뜻미지근한 오빠가 미웠어."

그때 유진이 팬티를 유미의 얼굴로 집어 던지고는 집 안을 둘러보다 부엌으로 득달같이 뛰어들었다.

"아앗, 안 돼!"

유미가 따라 들어갔을 때는 좁은 부엌 안에서 인규가 기겁을 하며 유진을 향해 정신없이 식칼을 휘두르고 있었다. 그러나 유진은 능숙하게 인규를 제압하여 팔목을 비틀었다. 유진의 손에 칼이 들어가면 인규가 당장에 죽을 것 같았다. 두 남자의 필사적인 몸싸움으로 부엌 집기들이 떨어졌다. 마침내 유진이 인규의 칼을 빼앗아 인규의 목을 노렸다. 그때 유미의 눈에 압력 밥솥이 눈에 띄었다. 순간 아무 생각도 나지 않았다. 유미는 그것으로 당장 눈앞에 보이는 유진의 뒷머리를 가격했다. 유진이 칼을 놓치고 외마디 비명을 지르며 쓰러졌다. 유진의 눈이 튀어나올 듯 두 사람을 노려보며 손을 뻗어 칼을 잡으려 버르적댔다. 그때 겁에 질린 인규가 얼른 칼을 집어 들고 흥분하여 유진의 어깨에 칼을 꽂았다. 유진은 순식간에 축 늘어졌다. 유진의 머리와 어깨에서 흐른 피가 부엌의 타일 바닥을 적시고 있었다. 벌거벗은 인규의 몸에도 피가 묻어 있었다. 유미와 인규, 두 사람은 잠시 멍하니 서로 마주 보았다. 짧은 순간, 마치 자신들의 온몸에서도 피가 모조리 빠져나간 듯 하얀 현기증이 일었다. 유미가 소리를 짜내어 물었다.

"죽었어?"

"모르겠어. 그런 거 같아."

인규도 떨리는 목소리로 말했다.

"모르면 어떡해! 확인해 봐!"

유미가 소리를 질렀다.

"끝났어. 숨을 안 쉬어."

유미가 머리를 싸쥐고 주저앉았다. 유진의 얼굴을 일별했다. 그는 무심하게 눈을 뜨고 유미를 바라보는 듯했다. 갑자기 유진의 눈에서 핏물이 주르르 흘러나왔다. 무서웠다. 유미는 인규에게 명령했다.

"눈을 감기고 얼굴 안 보이게 돌려놔."

인규가 유진의 몸을 뒤집었다.

"아아, 도대체 우리가 무슨 일을 저지른 거지?"

유미는 바닥을 향해 엎드린 유진을 보면서 냉정하게 정신을 차리자고 다짐했다.

떨고 있는 인규를 향해 유미가 말했다.

"인규 씨, 현실을 받아들여야 해. 이건 꿈이 아니야. 뒤처리를 깔끔하게 해야 해."

유미는 침대 시트를 가져와 유진을 덮고는 인규의 도움으로 서울에서 들고 왔던 여행용 가방에 유진의 시체를 집어넣었다. 마침 유진의 차는 골목에 주차되어 있었고 2월의 춥고 어두운 거리에는 인적이 없었다. 트렁크에 그걸 싣고 유미는 유진의 작업실로 운전해 갔다. 아무래도 파리 시내보다는 그곳으로 가는 게 나을 것 같았다. 그리고 그날 밤, 작업실 부근의 숲 덤불에 유진의 시체를 유기했다. 유진의 작업실은 잠겨 있어서 그대로 돌아올 수밖에 없었다.

아무 흔적도 남기지 않고 얌전하게 자동차를 유진의 작업실 앞에 세워 놓았다.

유미의 집으로 돌아온 두 사람은 살인의 흔적을 지운 후 몸을 씻고 집을 나왔다. 그날 밤 호텔에 방을 잡은 두 사람은 미친 듯 섹스를 하고 독주를 마시고는 뻗었다. 다음 날 아침이 되자 정신을 차린 유미는 갖고 있던 열쇠로 유진의 파리 시내 원룸으로 가서 혹시라도 단서가 될 만한 물건들을 정리해 왔다. 유진의 은신처인 그 방은 유진과 유미, 집주인 폴 말고는 아는 사람이 없지만 만일을 대비하는 게 좋을 것 같았다. 혹시 일기장 같은 게 있을지도 몰랐다. 하지만 별다른 물건이 눈에 띄지 않아 자신을 모델로 찍은 몇몇 사진과 필름만 챙겨 나왔다. 그러고는 급히 나와 집으로 돌아가 간단한 짐을 챙겨 인규와 무작정 떠났다. 그때 두 사람이 떠난 곳이 베네치아였다. 2월의 베네치아는 가면 축제로 떠들썩했고, 가면을 쓰고 있는 순간은 너무도 편안했다. 그곳은 세상 어느 곳보다 아름다웠고, 은밀하게 숨어 있기 좋은 곳이었다. 베네치아에서 인규와 유미는 마음의 지옥 속에서 탈출하기 위해 야차처럼 그악스레 달려들어 서로의 몸을 불살랐다.

*

유미는 이유진의 마지막 모습을 떠올리다 이른 아침에 겨우 잠이 들었다. 그날 그는 왜 갑자기 찾아와 떠나자고 했을까? 우스운

건, 떠나자고 찾아온 이유진 대신 황인규와 급히 짐을 챙겨 베네치아로 떠나게 됐다는 것이다. 그렇게 될 줄 어찌 알았겠는가. 운명이라면 너무나 기묘하지 않은가!

홍두깨에게서 온 메일을 확인한 것은 오후가 다 되어서였다.

좋습니다. 당신의 의견을 존중하겠습니다. 무엇보다 신뢰가 중요하겠지요. 당부하건대, 신뢰를 바탕으로 한 비밀스러운 접촉이라는 점을 염두에 두시기 바랍니다. 그러지 않으면 당신이 더 크게 다칠 것입니다. 당신도 준비가 된 거 같으니 속전속결합시다. 내일 오후 3시에 튈르리 정원의 오랑주리 미술관, 모네의 방에서 봅시다. 물론 제가 당신을 알아볼 테니 당신은 조용히 거기서 그의 「수련」 시리즈를 감상하고 계시길.

내일이라면 목요일이다. 게다가 장소가 미술관이라니…… 그는 도대체 어떤 인간일까? 홍두깨란 인간이 장난을 치고 있는 건 분명한데…… 홍두깨란 존재가 누구인지 알아야만 이유진 문제도 제대로 해결이 날 것이다. 그의 당부대로 비밀스러운 접촉이니 누구에게도 말하지 말고 홍두깨를 만나야 한다. 하지만 홍두깨는 몸이 홍두깨처럼 단단한 남자거나 어쩌면 폭력배일 수도 있지 않을까? 다니엘에게라도 언질을 주어야 하는 게 아닐까 잠깐 생각했지만, 유미는 모든 걸 혼자 감당하자고 생각했다. 사람이 많이 드나드는 미술관에서 만나는 거라 그리 위험할 것 같진 않았다. 그리고 돈을 요구하는 관계는 오히려 덜 위험하다. 타협해서 깔끔하게 처리하

28

면 된다. 모든 위험한 문제는 돈으로, 값으로 따질 수 없는 것에서부터 온다. 이유진은 마지막 날, 자신을 정말 사랑하느냐고 물었다. 황인규도 파멸하기 전에 자신을 사랑하느냐고 물었다. 그렇다. 그런 것…… 사랑이 바로 문제라면 문제다.

그 사건 이후 베네치아에서 파리로 돌아온 두 사람은 조금씩 이성을 되찾았다. 유진의 집주인 폴이 유진에게서 월세가 들어오지 않고 전화도 받지 않는다고 연락해 왔다. 유미는 유진이 갑자기 한국으로 돌아가겠다고 해 놓고는 어디 여행이라도 갔는지 연락이 되지 않는다고 둘러댔다. 그러고는 인규를 시켜 그 방에 남아 있는 유진의 짐을 남김 없이 모두 실어 오게 했다. 그리고 얼마 지나지 않아 곧 유미와 인규는 한국으로 귀국했다.

지금 이 순간, 인규, 그러니까 그 살인 사건의 공범인 그와 의논하고 싶은 생각이 간절했다. 인규는 지금 어디서 무얼 하고 있는 걸까? 인규와 통화를 하고 싶었다. 그러나 언제부턴가 인규의 전화번호는 없는 번호라는 멘트가 나왔다. 전화번호를 바꾸었나? 아니면 인규에게 무슨 일이 일어난 걸까? 공범이자 공동 운명체인 인규가 이 사실을 알면 얼마나 흥분할까? 연락이 된다 해도 지금의 정신 상태라면 인규가 모르는 게 차라리 나을지도 모른다. 어차피 이제는 유미 홀로 감당해야 할 일이다. 유미는 깊은 숨을 내쉬며 눈을 감았다.

유미는 다음 날, 오후 2시 반에 미술관에 도착했다. 오랑주리 미술관은 콩코드 광장 옆의 튈르리 정원 안에 있다. 모네의 「수련」 연작은 미술관 내의 넓은 타원형 방에 전시되어 있다. 자연 채광으로 시시각각 달라지는「수련」을 보고 있노라면, 그림이 그윽하게 빛의 언어로 속삭이는 것 같다. 따스하고 포근한 느낌의 전시실이라 유미도 가끔 들르곤 하는 곳이다. 목요일 오후 3시의 미술관에는 관람객이 적당히 드나들었다. 대부분 여자고, 남녀 커플 관광객도 보였다. 유미는 벤치에 앉아 그림을 바라보면서도 곁눈으로 계속 관람객들을 관찰했다. 건장한 남자만 보면 긴장해서 가슴이 뛰었다. 3시 10분이 되어도 아무도 알은체를 하지 않았다. 혹시 몰라 휴대폰을 꺼내 들여다보았다.

그때 누군가 말을 붙였다. 한국어였다.

"저, 죄송하지만 이 디카로 사진 좀 찍어 주실래요?"

유미 또래의 여자 관람객이 웃으며 디지털카메라를 내밀었다.

"혼자 오니 사진 찍을 때 곤란하네요."

"네, 그렇죠……."

사진을 찍은 유미가 건성으로 말하고 시계를 보며 앉았다.

"혼자 오신 거 같은데 사진 찍어 드릴까요?"

"아니에요. 괜찮아요."

유미가 고개를 저었다. 잠시 후 뒤에서 여자가 조용한 목소리로 물었다.

"모네를 좋아하시나 봐요, 오유미 씨?"

유미는 놀라서 뒤를 돌아 그 여자를 다시 바라보았다.

여자는 웃고 있었다. 낯선 얼굴이었다.

"혹시……?"

여자가 고개를 끄덕였다.

"홍두깨님……?"

이 여자가 홍두깨라고?

"여전히 예쁘시군요. 10년 전 동영상의 모습과 별 차이가 없네요."

"저를…… 저를 잘 아세요?"

"네, 조금…… 당신이 저를 아는 것보다는 훨씬 더 많이."

유미는 예상과 달리 여자가 나타나서 적잖이 당황스러웠다.

"저도 여자니 이제 경계심을 푸세요. 자, 나갈까요? 정원의 한적하고 조용한 곳을 알아요."

유미는 여자를 따라 마로니에 나무가 즐비하게 도열해 있는 정원의 한적한 벤치로 갔다.

"전 이자벨이라고 해요. 물론 한국 이름도 있지만 요즘 여기선 쓸 일이 별로 없어요."

그러고 보니 전에 이브리의 아파트 단지에서 만났던 꼬마가 이자벨이 사는 집이라고 했던 게 기억났다.

"이유진 씨와는 어떻게 되는 사이죠?"

여자는 그저 미소를 지었다. 이런 상황만 아니라면, 여자는 꽤나 근사한 미소와 몸을 갖고 있어 비호감은 아니었을 것이다.

"그건 중요한 게 아닙니다. 다만 당신보다 더 오래된 관계라는 것만 알아 두세요. 참, 수표는 가져오셨나요?"

"수표는 무엇과 바꾸는 거죠?"

"답례품이 있다는 걸 말씀드렸을 텐데……."

"동영상 파일 원본? 단지 그거로만……?"

유미가 협상의 물꼬를 텄다. 여자가 희미하게 웃었다.

"당신은 그 파장을 아주 가볍게 생각하시는군요. 당신은 생각보다 꽤 알려진 인물이던데."

"그거라면 너무 과하네요. 전 돈 많은 재벌도 아닌데……."

"당신의 능력을 과소평가하는군요. 자 그럼, 이렇게 말씀드리면 어떨까요? '죄와 벌'이 있어요. 죄를 지으면 벌을 받아야 하죠. 그럼 다시 죗값이라고 하죠."

"무슨 의미죠?"

"의미를 모르실 만큼 아둔한 여자는 아니라고 생각하는데요."

여자가 미소를 거두고 싸늘한 눈초리로 유미를 쏘아보며 말했다.

"한 남자의 인생이 끝났어요."

"그럼, 당신은 이유진이……?"

유미는 이유진이 죽은 걸 아느냐고 물으려다 멈추었다.

"그래요. 사건을 알고 있어요."

"믿을 수 없어요."

유미는 잠시 침묵했다. 그러다 고개를 들고 여자의 눈을 바라보며 물었다.

"그럼…… 덮을 수 있나요?"

여자가 천천히 고개를 끄덕였다.

"그런데 당신이 어떻게 알고 있죠? 그걸 알려 준 사람이 누구예요?"

"그건 거래가 이루어진 다음에 알려 드리죠."

"만약 덮는다면, 제가 당신의 무엇을 근거로 믿고 돈을 주어야 하는 건데요? 게다가 배후가 있어서 계속 괴롭힌다면?"

"배후는 걱정하지 마세요. 다른 사람은 몰라요. 사람 참 못 믿으시네요."

유미가 여전히 의혹에 찬 시선을 보내자 여자가 결심한 듯 말했다.

"좋아요. 이유진에게 직접 들었다면요?"

이게 무슨 홍두깨 같은 소리인가?

"네?"

"물론 당신의 근황이나 연락처나 그런 건 다른 데서 제공 받았지만요."

"이해를 할 수가 없군요……."

유미의 동공이 커졌다. 그녀는 벌린 입을 한동안 다물지 못했다.

"그럼, 몇 년 전에 사진전을 열었던 그 사진작가가……?"

여자가 고개를 끄덕였다.

"그래요. 이유진은 살아 있어요."

유미는 이유진이 살아 있다는 게 믿어지지 않았다. 그게 좋은 일인가? 나쁜 일인가? 어쨌거나 그것은 잔잔한 호수에 떨어진 바윗덩이였다. 혼란이 쓰나미같이 밀려와서 하루를 어찌 보냈는지 모른다. 다만 살인을 하지 않았다는 안도감은 들었다. 그러나 살아 있는 이유진에게 용서를 받는 일이 더 끔찍할 거라는 생각이 들었다.

어제 유미는 이유진을 직접 만나 보는 조건으로 돈을 건네기로 여자와 약속을 했다. 여자는 다음 날 오후 3시에 지난번의 이브리 아파트로 오라고 했다. 그런데 수표가 아니라 전액 현금으로 가져다 달라고 말했다.

"이유진이 살아 있는데, 제가 출연한 그 동영상 파일값으론 정말 세군요. 이건 뭐 안젤리나 졸리의 개런티도 아니고."

"이건 아주 합리적인 가격입니다. 내일 보시면 잘 알겠지만, 날 비열한 사기꾼이나 협박꾼 취급하지 말아요."

그러고 다시 보니 여자의 인상은 그런 쪽과는 거리가 먼 것처럼도 보였다. 차림새로 보아 부유한 쪽과는 거리가 멀었지만 이상하게 자존심 강한 사람 특유의 정신적 고고함 같은 게 느껴진다고 할까.

어쨌든 유미는 아침부터 은행에서 현금을 구하느라 긴장을 한 데다 입맛이 없어서 점심까지 굶었다. 현실감이 없고 판단력도 희미해진 느낌이 들었다. 살아 있는 이유진을 본다…… 이 만남은 무얼 예고하는 걸까? 정말 여자를 믿을 수 있을까? 이유진, 그의 배후는? 유미는 망설이다 베르나르에게 전화를 걸었다. 아무래도 그렇게 안전장치를 하는 게 나을 것 같았다. 이런 일엔 다니엘보다는 젊은 베르나르가 더 믿음직스러웠다.

베르나르는 당장 차를 끌고 와 주었다. 커다란 서류 가방에 챙겨 온 현금을 차에 싣고 유미는 주소지를 대 주며 말했다.

"옛날 친구 집에 잠깐 방문하는데 금방 돌아올 거야. 아파트 앞 카페에서 맥주 한잔하며 기다리고 있어 줘. 만약 한 시간이 지나도 내가 아무 연락이 없다면 전화 주거나 아님 그 주소지로 와 주고."

"알았어. 그런데 얼굴이 심각하네. 싸우러 가는 사람처럼. 남자 친구 집?"

"아니, 여자 친구."

"아아, 알겠다. 돈 갚으러 가는 거 아냐? 오래 지난 돈 갚으려니 속이 아픈 거야, 그렇지?"

눈치 빠른 그가 서류 가방을 슬쩍 보더니 상상력을 발휘하며 말했다.

"괜히 넘겨짚지 마."

"어쨌든 난 관심 없어. 일이 끝나면 오늘 밤 로즈와 함께 지낼 거라는 기대 외에는."

아파트에서 좀 떨어진 후미진 곳에 차를 세우게 하고 유미는 아파트로, 베르나르는 카페로 향했다. 지난번 봄에 찾아왔을 때보다 아파트 안의 나무가 푸르게 우거져 있었다. 유미는 우황청심환을 한 알 꺼내서 씹어 먹었다. 가방을 쥔 손에 힘을 주고는 심호흡을 한 후 오후 3시의 눈부신 햇빛 속으로 똑바로 걸어갔다. 길게 늘어진 자신의 그림자를 밟으며, 마치 꿈속에서 외줄을 타는 심정으로 걸었다. 8년이나 죽은 줄 알았던 사람이다. 8년 동안 유미의 어두운 꿈속에 유령으로 나타났던 인물이다. 그런 그가 살아 있다니. 어떻게!?

유미는 낡은 아파트 현관으로 들어서며 메모지를 꺼내 층수와 호수를 다시 확인하고는 엘리베이터를 타고 버튼을 눌렀다. 지난번 그 아파트 문 앞으로 다가갔다. 유미는 심호흡을 크게 하고 눈앞의 초인종을 눌렀다.

문이 열리자 어제 보았던 이자벨이라는 여자가 나왔다.

"들어오세요."

여자가 유미 뒤에 누가 있는지 살펴보더니 유미를 집 안으로 안내했다. 어두침침한 거실엔 낡은 3인용 소파와 식탁이 놓여 있었다.

실내를 잠시 휘둘러보던 유미의 눈에 특별한 액자가 두 점 보였다. 하나는 유미가 한눈에 알아볼 수 있는 사진이었다. 한때 유미가 이유진의 모델을 섰을 때의 작품이었다. 고흐가 마지막 한때를 보냈던 오베르 쉬르 와즈의 밀밭에서 바람 부는 날 머리카락을 날리며 찍은 사진이었다. 그리고 또 하나의 사진 액자는…… 누드 사진이었다. 왠지 사진이 낯설지 않았다. 갑자기 머릿속에 불이 확 들어왔다.

그건 예전에 유미가 처음 유진의 방에 들렀을 때 보았던 그 누드 사진을 확대한 거라는 확신이 들었다. 여자의 얼굴이 교묘하게 어둠에 잠겨 있던 사진. 그러나 젊은 여체의 굴곡이 모래사막의 음영처럼 매혹적으로 드러났던 누드. 누구냐고 물었을 때 유진이 대답을 피했던 사진. 유미는 의혹에 찬 눈빛으로 사진과 여자를 번갈아 보았다. 그럼, 이 여자가 바로……?

여자는 유미의 마음을 읽은 듯 희미하게 웃기만 했다.

"……이유진 씨는 외출하셨나 보죠?"

"먼저 약속한 걸 확인해야죠?"

여자가 유미가 들고 온 가방을 턱으로 가리켰다. 유미가 가방을 열어 보여 주었다.

"1유로도 빠지지 않게 현금으로 다 만들어 왔어요. 하지만 이건 이유진 씨에게 제가 직접 전하고 싶어요."

여자가 곤란한 표정을 지었다. 여자는 이런 협상을 제안하기까지 이유진이 결코 찬성을 하지 않았다는 말을 덧붙였다.

"유진은 당신을 만나지 않겠다고 고집 피우고 있어요. 하지만 전

유진의 여자니까 결정권이 있다고 생각해요. 당신은 유진이 살아 있다는 걸 확인만 하면 되는 거 아닌가요?"

"무슨 소리죠?"

"유진은 이 집 안에 있지만 당신을 보고 싶어 하지 않는다고요. 그러니 돈을 놓고 가세요."

"유진을 만나지 않고는 전 이 돈을 드릴 수 없어요."

여자가 잠깐 생각하더니 따라오세요, 라고 말하며 어느 방 앞으로 갔다. 여자가 노크를 했다.

"유진, 오유미 씨가 왔어. 유진을 만나고 싶어 해."

그러자 방 안에서 남자의 목소리가 들려왔다. 잔뜩 격앙된 감정을 누르고 있는 남자의 어눌한 목소리였다.

"만나고 싶지 않다고 했잖아! 돌아가!"

저게 유진의 목소리인가! 여자가 애원했다.

"유진, 내가 약속했단 말이야."

"이자벨, 너도 필요 없으니 당장 꺼져 버려!"

이쯤에서 유미가 나섰다.

"유진…… 오빠……? 나 유미야. 오빠…… 뭐라고 말해야 할지 모르겠어…… 그런데 오빠를 꼭 보고 싶어."

방 안이 잠잠했다.

"……"

"오빠……"

사실 유미는 유진을 꼭 보고 싶은 마음은 없었다. 두려웠다. 예기치 못한 이 순간의 해후가 너무도 끔찍했다. 그러나 여자가 요구한 협상을 타결 지어야 한다고 생각했다. 이제 살인죄가 아닌 살인 미수죄이긴 하지만 그 죗값을 깔끔하게 돈으로 해결할 수 있다면.

"이자벨이 쓸데없는 짓을 꾸몄구나. 난 네게는 이미 죽은 사람이나 마찬가지인데, 날 그냥 네 기억에 묻고 돌아가거라."

말이 느리고 목소리가 약간 허스키했지만 직감적으로 이유진이 맞는다는 생각이 들었다. 유미의 가슴에 회오리바람 같은 격한 감정이 솟구쳤다. 그때 여자가 나섰다.

"소파로 돌아가 계세요. 제가 설득해 볼게요."

맥이 빠진 걸음으로 유미가 소파로 돌아가 앉자 여자가 방 안으로 들어갔다. 유미는 소파에 앉아 두 손으로 머리를 감싸 쥐고 눈을 감았다. 몸이 계속 떨려 왔다. 얼마나 시간이 지났을까? 여자가 나타나 말했다.

"잠시만 기다려요. 유진이 나오겠답니다."

여자가 다시 방으로 돌아가서 유진을 데리고 나올 모양이었다. 유미의 가슴이 계속 홍두깨로 다듬이질하듯 쿵쾅거렸다. 방문이 열리고 여자와 유진이 거실로 나왔다. 그런데…… 저 남자가 유진이 맞는 걸까? 남자는 짙은 색 안경을 쓰고 있었다. 게다가 휠체어를 타고 있었다. 여자가 휠체어를 밀며 다가왔다.

"그때 그 사고로 유진은 시신경이 손상되어 한쪽 눈이 실명되었고, 신경중추와 뇌를 다쳐 언어 신경에 문제가 생겼고, 허리 아래는 마비가 되었어요."

안경 때문에 표정이 잘 드러나지 않는 남자는 유미를 보고 어떤 말도 하지 않았다.

"유진 오빠……?"

"그래, 네가 죽였던 이유진이 이렇게 비참하게 살아 있어서 미안하다."

예전보다 말투가 좀 어눌했다.

"어떻게…… 어떻게 된 거야?"

여자가 대신 말했다.

"이 사람은 사건 직후를 기억 못 해요. 당시 숨이 끊어지지 않은 상태로 버려졌는데 누군가에게 곧바로 발견되어 병원으로 옮겨졌다는군요."

"누군가가 누구죠?"

"몰라요. 병원에 옮겨 놓고 사라진 사람이라는 것 말고는. 유진도 모르고 아무도 몰라요. 유진은 1년을 식물인간처럼 지내다 기적적으로 회생했어요. 한동안은 말도 하지 못했는데 지금 많이 좋아진 거예요. 저도 한참 지난 후에 병원에서 연락을 받고 알게 되었죠."

유미가 소파에서 내려와 무릎을 꿇고 유진의 손을 잡았다. 유진은 뿌리치려 몇 번 꿈틀거리는 것 같았지만 그대로 있었다.

"미안해…… 미안해요. 오빠, 용서해 줘. 어떻게 그런 일을 하게 됐는지 모르겠어. 순간적으로 내 정신이 아니었어."

표정을 알 수 없는 유진이 말없이 거칠게 숨을 쉬었다.

"이렇게…… 이렇게…… 오빠가 고통스럽게 살고 있을 줄은 정말 몰랐어. 하지만 나 또한 죽음 같은 어둠 속에서 고통스러운 시간을 보냈어."

유미의 눈에서 눈물이 유진의 손등으로 떨어졌다. 유진의 손이 꿈틀했다.

"난 널 용서하지 않으려 했다. 네게 복수하기 위해 살려고도 했어. 하지만 나 또한 네게 못 할 짓 한 부분을 부인할 수는 없기에……."

그때 여자가 끼어들어 소리쳤다.

"유진! 그따위 소리는 집어치워! 그 구차한 목숨, 당장 먹고살아야 할 거 아냐!"

그 소리에 유진이 갑자기 손으로 휠체어를 돌려 자신의 방으로 들어가 버렸다.

"오유미 씨, 이제 됐죠? 이제 보셨으니 약속, 이행하셔야죠? 당신 때문에 멀쩡한 남자의 인생이 망가졌어요."

"약속대로 하겠어요. 그런데 이유진 씨에게 꼭 물어보고 싶은 게 있어요. 둘이 얘기할 기회를 주세요."

"안 돼요. 우리 거래는 여기까지예요."

유미는 텃세 부리는 조강지처처럼 구는 유진의 여자를 바라보았다.

"정말로 유진 오빠를 많이 사랑하시는 거 같군요."

여자가 쓸쓸한 표정이 되더니 말을 하기 시작했다.

"저 사람과의 운명을 피해서 프랑스 남자랑 결혼했어요. 그런데 전 금방 미망인이 되었고, 저 사람은 저렇게 되고, 이상하게도 다시 이렇게 얽혀 버렸네요. 지금 저 사람은 저 없이는 아무것도 할 수 없는 사람이고 저도 저 사람을 버릴 수 없어요."

유미가 이해한다는 표정으로 고개를 끄덕이자 여자가 말을 이어갔다.

"저는 백화점에서 파트타임 판매원으로 일하면서 생활비를 벌고 저 사람은 집 안에서 가구처럼 살아가죠. 사는 게 지리멸렬하죠. 몇 푼의 월급과 장애 수당으로 죽음보다 지루한 삶을 이어 가고 있어요. 저 사람을 저렇게 만든 당신을 한번 보고 싶었어요. 그런데 너무 화가 나요. 가끔 저 사람이 당신을 아직도 사랑하고 있는 거 같아서요. 당신이 한국에서 성공한 여자로 살아가고 있으며 요즘 프랑스에 와 있다는 걸 알고는 만나려고 결단을 내렸어요."

"제 근황을 누가 당신에게 알려 주었나요?"

"당신의 측근을 주의 깊게 살피라고 말씀드릴 수밖에."

"측근이라고요? 한국의?"

"그건…… 지금 말하기는……."

"좋아요. 대신에 오빠와 독대할 기회를 주세요."

유미는 돈 가방을 열었다.

"자, 확인해 보세요. 저로서는 무리를 했어요. 하지만 유진 오빠와 당신을 보니 제가 이렇게라도 할 수 있다는 게 다행이란 생각이 들어요."

"우리가 최소한 이 정도는 당신에게 위자료로 요구할 수 있다고 생각해요."

이자벨이 '그것 봐요, 난 사기꾼은 아니랍니다.' 하는 표정으로 말했다. 유미는 화제를 돌렸다.

"유진 오빠가 작품전을 했던데, 요즘도 작업을 해요?"

"보셨잖아요? 거동도 불편하고 한쪽 눈도 실명했는데 원하는 작품은 힘들지 않겠어요? 그나마 앉아서 가까운 오브제들을 그 나름대로 찍는 거죠. 모든 게 다 변했으니 적응할 수밖에요. 이제 그만 돌아가 주세요."

"부탁인데, 잠깐만 저 혼자 오빠를 만나 작별 인사라도 하고 가게 해 줘요."

이자벨이 잠시 생각하더니 고개를 끄덕였다. 유미는 유진의 방으로 갔다. 그러나 유진의 방문은 잠겨 있었다.

"오빠, 문 좀 열어 줘요. 꼭 하고 싶은 말이 있어요."

안쪽에선 아무 소리도 들려오지 않았다.

"오빠, 오빠를 어떤 방식으로든 돕겠어요. 그게 내가 오빠에게 용서를 구하는 거겠죠. 다만 꼭 한 가지 물어보고 싶은 게 있어요."

"……."

긴 침묵이 이어졌다. 기다려도 반응을 하지 않는 유진에게 어쩔 도리가 없었다. 유미는 명함을 꺼내 문 아래 틈으로 밀어 넣으며 간절하게 말했다.

"좋아요, 오빠. 여기 내 명함이에요. 언제든 연락하세요. 그런데 닷새 후면 난 한국에 잠깐 다니러 가요. 그 안에 마음 바뀌면 내게 꼭 연락 주세요."

휠체어 구르는 소리가 천천히 문 쪽으로 다가왔지만 문은 열리지 않았다. 명함이 사라지고 휠체어 바퀴 소리는 다시 물러났다.

유미는 유진의 아파트를 나와 엘리베이터를 타고 밖으로 나왔다. 마침 카페에서 기다리던 베르나르가 걱정스러운 표정으로 아파트 입구로 들어서고 있었다. 베르나르는 뭐라고 말을 하려다 유미의 굳은 표정을 보고는 말없이 뒤따랐다. 유미의 눈치를 보던 베르나르가 운전석에 앉아 물었다.

"어디로 가지?"

"지옥으로."

"방금 전에 거기서 나온 거 같은 얼굴인데?"

유미는 흠씬 두들겨 맞았으면 싶은 그런 기분이었다. 유진이 그렇게 살아 있다는 사실이 지금은 견딜 수 없이 혼란스러웠다. 그래도 그를 통해 어쩌면 마리오네트 인형처럼 유미를 조종하는 손을 찾아낼 수 있을지 모른다는 희망이 생겼다면 그나마 다행인 걸까?

그때 베르나르가 속도를 내며 말했다.

"좋아, 로즈! 넌 오늘 죽었어. 오늘은 지옥 맛을 단단히 보여 줄 테다."

이유진에게서 다시 연락이 온 것은 이틀 후였다. 정확히 말하자면 이자벨이 연락한 것이다.

"오유미 씨가 정 원한다면 유진이 내일 만나겠답니다."

"그런데 제가 혼자 만났으면 하는데……."

"네, 제가 일하러 간 시간에 와 달랍니다. 오후 3시경이 좋겠어요. 유진도 그 시간엔 일어나니까."

"그래요? 정말 고마워요."

"그런데……."

"네?"

"다만, 약속한 거래는 끝났지만, 추가로 5000유로를 더 입금해 주셔야겠어요."

아니, 이 여자! 무슨 노래방도 아니고 추가 요금이라니. 그리고 뭐야? 무슨 부부 공갈단이 서로 짜고 하는 짓처럼…… 기분이 상하려고 하는데 여자가 쐐기를 박듯 말했다.

"오유미 씨가 뭘 원하는지 알고 있어요. 본인에겐 아주 중요한 정보잖아요? 싫으면 그만두세요."

"아…… 아니에요. 좋아요. 입금하겠어요."

"좋아요. 입금 확인이 되면 유진에게 오유미 씨가 온다고 말하겠어요."

어쩔 수 없지만, 유미로서는 중요한 정보다. 유미에겐 중요한 실마리가 될 수 있을 것이다.

"그런데 제가 원하는 정보를 얻지 못하면 어떡하죠?"

"그건 오유미 씨의 능력이죠."

"뭐라고요?"

"아마 원하는 정보를 얻게 될 거예요. 유진도 이제 충성을 맹세하고 지킬 필요가 없거든요. 안 되면 제가 알고 있는 것 중에 한 가지 정보라도 가르쳐 드릴게요."

유미는 돈을 입금하고 나서 다음 날 이브리에 있는 이유진의 아파트를 다시 찾아갔다. 유진은 기다리고 있었던 사람처럼 방에서 유미를 맞이했다. 사무적인 얼굴이었지만, 지난번과는 달리 감정도 안정되어 있었다. 그래도 유미는 짙은 색 안경을 쓰고 있는 이유진이 다른 사람처럼 어딘가 낯설었다. 유미도 냉정하고 사무적인 태도를 취할 수밖에 없었다.

유진의 방은 한쪽을 암실로 꾸민 작업실이었다. 최근에 작업한 흔적이 보이지 않는 적막한 방 안 풍경을 둘러보며 유미가 말문을 열었다.

"이렇게라도 작업을 계속하고 있으니 대단해요."

"죽지 못해 겨우 꿈지럭거리는 거지. 그나마 요즘엔 카메라에 손 안 댄 지가 1년이 다 돼 가."

"오빠, 다시 작업을 하세요. 도와줄게요. 내가 서울에 화랑을 개업할까 해요. 여기서 유수한 화랑을 연결해 줄 수도 있어요."

"난 이제 세상에 나가고 싶지 않아. 죽은 듯 은둔한 지 10년이 다 돼 가잖니. 벌레처럼 살다가 가는 거지."

유진이 입술을 비틀며 씹어뱉듯이 말했다.

"나를, 나를…… 많이 원망했겠네요. 날 만나면 죽이고 싶었겠네요."

"……그랬지."

"아, 오빠. 정말로 그럴 의도는 없었어요. 그냥 그때 너무 당황해서……."

"난 안 그래도 그때 어차피 죽었을 거야."

"무슨…… 말이에요……?"

"결국 널 죽이고 나도 죽었을 거야."

점점 모를 소리다.

"난 그날 쫓기고 있었어. 복잡한 상황에 내가 끼이게 되었고 한동안 많은 고민을 했었어. 결국 난 결단을 내려야 했지. 나중에 몸이 회복되고 나서 그때 일을 떠올리니 네가 너무 야속하고 또 배신감도 느껴졌지만, 그게 다 운명이라는 생각이 들었어. 결국 그래서 너에게 복수를 하지 않았던 거야. 물론 몇 번인가 너를 죽이고도 싶었다. 네 주변에서 그런 어두운 그림자를 눈치 못 챘니?"

"글쎄요……."

그럼 그런 어둡고도 불안한 그림자의 실체는 이유진이었단 말인가?

"내가 지금 너에게 이 말을 하는 건, 이제 너를 용서했다는 의미도 된다. 너 역시 그들의 사냥감이자 장난감 인형이나 마찬가지였으니까. 나 또한 그렇고…… 내가 배신감을 느끼고 증오해야 할 대상은 결국 그자니까."

"그자……? 그자가 누구죠?"

"……."

유진은 입을 다물었다. 유미는 기다리다 결국 가장 핵심적인 질문을 하기로 했다.

"그럼 내게 돈을 부친 사람은 누구였죠?"

"나의 보스."

"보스?"

"……난 젊은 시절 한때 조직에 몸을 담았던 적이 있어. 물론 그 세계에 환멸을 느끼고 악착같이 조직에서 빠져나와 몰래 프랑스로 건너와서 새 인생을 시작했지. 그런데 어느 날, 보스가 연락을 해 왔어. 오유미라는 여자를 후원하는 마지막 프로젝트를 맡기겠으니 비밀리에 실행해 달라고. 물론 조직에 다시 발을 담글 생각은 추호도 없었고, 누군가를 도와주는 회생 프로그램이라서 나는 정말 발을 씻고 속죄하는 심정으로 그 일을 맡았던 거야. 그런데 그게 결국 올가미가 될 줄은 몰랐어."

"당신의 보스가 누구죠?"

"나는 그가 너와 그런 관계인지 나중에야 알았어. 아주 최근에야……."

"내가 아는 사람인가요?"

유진이 고개를 끄덕였다.

"말해 줘요. 그가 누구인지!"

유미가 긴장하여 몸을 앞으로 기울였다. 유진은 여전히 입을 다물고 있었다.

"……"

"어서요!"

마침내 유진이 입을 열었다.

"조두식."

"뭐라고요?! 그가 나를 후원했다고요?"

유진이 천천히 고개를 끄덕였다. 아니, 조두식 그 인간이?

"보스는 내게 첫 번째 지원 프로젝트를 맡기면서 경고했지. 내가 오유미에게 빠지면 곤란하다고. 후회할 날이 있을 거라고 경고했지. 그러니 난 널 비밀리에 사랑할 수밖에 없었어."

유미는 10여 년 전에 처음 유진을 만났을 때 그가 왜 유미에게 그토록이나 거리를 두었는지 이해가 갔다.

"그런데 어느 날, 보스는 다른 명령을 내렸어."

"네? 조두식이……? 무슨 명령을?"

"……너를 비밀리에 처치하고 흔적을 없애 버리라고……."

유미의 머릿속이 하얘졌다.

"뭐라고요? 정말요?!"

유진이 고개를 무겁게 끄덕였다.

"난 정말 괴로웠어. 그의 세계를 내가 다 알지 못하고, 그가 이해를 따지는 데는 냉혹한 인간이란 걸 알지만…… 우리 세계에서 보스의 명령은 악법이라도 절대적이니까. 그걸 어기면 목숨이 위태롭다는 건 불문율이니까. 그때야 처음 그의 경고가 와 닿았어. 그는 내가 너에게 빠져서 사랑하게 되면 두 번째 미션을 수행할 수 없다는 걸 짐작하고 있었던 거지. 그래…… 그 무렵…… 나는 내 정신이 아니었어."

이유진의 눈빛이 자주 공허해지던 그 무렵이 생각났다. 그런 내막도 모르고 유진에게서 느껴지는 공허함을 채우려 인규를 만나기 시작했던 그 무렵…….

"너를 쥐도 새도 모르게 죽일 생각도 했었다. 하지만 난 너를 이미 너무도 깊이, 내 목숨만큼 사랑한다는 걸 부인할 수 없었어. 몰래 너를 떠날까도 생각했지. 그날, 죽을 만큼 고통스럽게 고민하다 결단을 내리고 너를 찾아갔던 거야."

아, 그날, 그는 그런 복잡한 심사로 나를 찾아왔던 거구나. 쫓기듯 불안하던 그날 그의 모습이 다시 떠올랐다.

"네가 나를 정말로 사랑한다면, 난 목숨을 걸고 너를 지켜 주고 싶었다. 너를 살해하는 대신에 너를 데리고 몰래 달아나고 싶어서…… 연락도 없이 은밀하게 너를 찾아갔던 거였다. 누군가 나를 감시하고 미행할지 모른다고 생각해서 전화도 하지 않았다."

유진이 감정을 참는지 잠시 침묵했다. 그의 목울대가 힘겹게 오르내리는 게 보였다. 유미도 가슴이 먹먹해서 숨을 참으며 가만히 유진을 응시했다.

"내가 너를 살해하는 걸 자꾸 미루니까 암암리에 협박이 느껴졌어. 그날도 그의 독촉 전화를 받고는 너와 도망갈 결심으로 몰래 네 집으로 간 거였어. 그런데 네가 다른 남자랑 있는 걸 알았을 때의 배신감이란!"

유진은 잠시 치를 떠는 것 같았다. 유미는 화제를 돌렸다.

"그 이후 조두식과는 어떻게 되었나요?"

"요즘엔 연락이 전혀 없다. 내가 이제 살아도 산 몸이 아니니 관심조차 없겠지. 하지만 내 측근을 통해 조두식을 알아보았더니 너의 의붓아버지라고 하더라. 그 관계도 놀라웠지만, 그의 작태가 갈수록 이해가 안 갔어."

"아아, 그가 그런 일에 개입되어 있는지 전혀 몰랐어요."

"그랬을 거야. 내 정보에 의하면 조두식은 최근에야 10년 만에 네게 접근을 했더군. 그러니 넌 전혀 몰랐겠지."

유미의 마음속에도 분노가 피어올랐다.

"조두식에게 원수를 갚고 싶어요?"

"그랬지. 내 측근이 나 대신 조두식에게 접근해서 그를 관찰하고 있지. 하지만 조두식을 조종하는 최후의 또 다른 사람이 있어. 조두식 역시 어떤 식으로든 명령을 수행하는 하수인에 불과한 거지."

유미는 최후의 조종자가 누굴까 궁금해졌다.

"최후의 조종자가 누구죠?"

유진은 잠시 한숨을 쉬었다.

"최후의 한 사람? 그건 나도 정말 알고 싶어. 현재로서는 일단 두 사람으로 귀결이 되긴 했어."

"두 사람요?"

"으음…… 네가 새 인생을 살 수 있도록 비밀리에 지원한 사람과 무슨 이유에선가 너를 없애려고 한 사람, 그 두 사람이겠지."

"두 사람이 각자 목표가 달랐던 거라는 말이죠?"

"아마도…… 둘의 목표가 각각 뭔지는 나도 몰라. 하지만 복잡한 사정이 있는 거 같고, 보스인 조두식을 중간에서 이용했던 거 같아. 아니면 그 두 사람을 조두식이 이용했던가."

"그 두 사람은 누군지 알아요?"

유미가 깊은 숨을 몰아쉬며 바짝 긴장하여 물었다.

"내 측근이 알아본 바에 의하면 유병수와 윤규섭이라고 해."

"유병수와 윤규섭?"

유미의 입이 벌어졌다. 유 의원과 윤 회장? 무언가 확연해지는 것도 같고 오히려 미로에 들어온 것도 같다. 그때 유진이 물었다.

"하나 물어보자. 그날 네 집에서 너와 함께 있었던 남자는……?"

"황인규라고…… 내 친구의 남편, 어머 그러니까……!"

유미는 갑자기 머리를 무언가에 맞은 듯 멍해졌다.

"작년에 내게 들어온 정보에 의하면 그 남자, 유병수의 사위라고 하던데 맞니?"

"그래요!"

갑자기 유미의 눈앞에 촘촘하게 짜인 거미줄이 보이는 것 같았다. 그럼 모든 게 우연이 아니라 필연이었나…….

"그 사람 역시 작년에 모종의 테러를 당하고 지금 정신적으로 폐인이 되다시피 했는데……."

"아무래도 어떤 음모가 배후에 있는 거 같아. 난 이제 그저 벌레처럼 살아도 어쩔 수 없다만, 진실을 알고 싶다. 그래서 결국 나를 이렇게 만든 놈들을 응징하고 싶어. 우린 꼭두각시였어. 도울 수 있다면 네가 힘을 보태 주면 좋겠다. 마음을 돌린 것도 그 이유였어. 너를 만나서 이 얘기를 하려고 오라고 한 거야."

유미는 유진을 응시하며 고개를 끄덕였다.

"잠깐! 그런데 그런 정보를 주는 오빠의 측근은?"

유진이 미소를 지었다.

"너의 측근이기도 하지."

"나의 측근?"

갑자기 유미의 머릿속에 박용준이 떠올랐다.

"넌 이미 그를 만났어. 그가 네게도 접근했지."

"내가 만났다고……?"

"내 인생을 아주 가엾게 여기는 놈이 있어."

유미가 고개를 갸웃했다.

"내 고종사촌 동생……."

"고종사촌 동생?"

"걔가 나 대신 복수해 주겠다며 조두식에게 접근했고, 또 네게도 작년 여름쯤에 일부러 접근했을 텐데……."

"아! 그럼……!"

유미의 머리에 고수익의 웃는 얼굴이 떠올랐다.

"아! 오빠와 닮은 그 눈웃음!"

"맞아."

"완전 사기꾼 같던데."

"천하의 사기꾼 같은 놈이라 할 수 있지."

유진의 얼굴에 처음으로 희미한 미소가 어렸다.

"지금은 거의 해체됐지만 내가 알려 준 조직의 루트를 타고 올라가 지금은 조두식의 꼬붕처럼 긴밀하게 연결되어 있지."

"세상에! 그럼 조두식과 한패?"

"무늬만."

"그럼 나와는 적이에요? 동지예요?"

"어쨌든 그놈이 내 편이라는 것만은 확실해. 걔 덕에 너에 관한 정보도 알게 됐지."

유미는 그동안 일어났던 어둠 속의 비밀들이 한 꺼풀 벗겨지는 느낌이 들었다. 하지만 진실은 아직도 양파 껍질처럼 겹겹이 숨어 있었다.

"조두식은 고수익의 정체를 알고 있나요?"

"모를 거야. 내 동생 놈도 재주가 보통 놈이 아니거든."

"정말 뛰는 놈 위에 나는 놈 있다더니……."

유미는 타고난 연기자 같던 고수익을 떠올리며 고개를 흔들었다.

"그럼 고수익을 내 편으로 만들 수 있을까요? 그를 믿어도 될까요?"

프랑스로 오기 전에 유미는 고수익과 절교를 선언했다. 하지만 조두식을 통해 어떤 진실에 이르려면 고수익을 이용해야 할지도 모른다.

"내 말에 달려 있지. 단, 두 사람이 같은 곳을 바라보는 조건이라면…… 그렇다면 쌍두마차를 타고 함께 달릴 수도 있겠지."

"오빠, 난 진실의 끝까지 가 보고 싶어요. 도와주세요. 나 또한 오빠를 믿을 테니, 나를 용서해 주고요. 나를 믿을 수 있죠?"

"믿는 도끼에 발등을 두 번은 찍히지 않겠지? 하긴 이젠 찍어도 다리에 감각이 없지만."

유미는 유진의 뼈 있는 농담에 머쓱했다. 유진이 안경을 벗었다. 유진의 오른쪽 눈은 성했지만, 왼쪽 눈은 먼 피안을 보듯 초점 없는 검은 눈동자가 흰자위에 떠 있는 얼룩처럼 상해 있었다.

"내 눈을 똑똑히 보아라. 내 오른쪽 눈동자에 찍힌 네 얼굴이 보이니? 너는 그 얼굴의 진실을 믿어라. 난 내 왼쪽 눈에 찍힌 너의 영혼을 믿을 테니."

유진의 눈동자를 뚫어지게 바라보던 유미의 눈에 마침내 맑은 이슬이 차올랐다.

유진의 집에서 돌아온 유미는 충격으로 잠을 이루지 못했다. 안갯속에서 겨우 과녁을 찾은 것 같았지만 과녁이 그 뒤로도 첩첩이 늘어서 있는 꼴이었다. 조두식에 대한 분노와 고수익에 대한 어처구니없음으로 흥분과 실소 사이를 오락가락했다. 유미의 주변 인물들이 모두 가면을 쓰고 유미를 홀리는 춤을 추고 있었다니. 사실 지난해 연말 프랑스에 오기 전에 냄새를 맡은 사냥꾼처럼 조두식이 찾아왔었다. 윤 회장으로부터 돈이 입금된 지 이틀 후였다. 지난번 얘기한 컨설팅비 어쩌고 하면서 앞으로도 자신의 조언이 필요하면 언제든 도와주겠노라며 돈을 요구했다. 윤 회장은 나쁜 놈이고 부자니까 앞으로 돈을 더 뜯어내도 된다고 했다.

그런데 이유진의 정보에 의하면, 놀랍게도 조두식이 과거부터 윤 회장과 유 의원 사이를 오가며 일을 꾸몄다는 것이다. 유 의원과 윤 회장이 과거부터 인연이 있었다는 건 알았지만 그들 사이에 조두식 또한 연결되어 있을 줄은 몰랐다. 게다가 유 의원이라면…… 지완의 아버지 유 의원은 옛날부터 유미가 좋아했던 인물이다. 나도 지완이처럼 저런 아버지가 있었으면 하고 부러워했었다. 두 인물 중 한 인물은 유미의 새 인생을 지원했고, 한 인물은 유미의 삶을 꺾으려 했다. 두 인물 중 어느 누가? 아니면 두 인물의 공모? 알 수 없는 일이다. 우발적으로 저지른 살인미수 사건의 배후에 이렇게 복잡한 그림이 숨어 있을 줄이야…….

1건의 대형 사고 뒤에는 29건의 작은 재해가 있고, 그 뒤에는 가슴 철렁한 300건의 일이 있다는 실패 확률에 대한 하인리히 법칙이라는 게 있다. 하지만 또 얼마나 다행인가. 이유진이 죽었다면 진실은 영원히 은폐되었을 테니.

그런데 갑자기 유미의 머리에 번개가 번쩍 내리쳤다. 혹시…… Y?! 공교롭게도 윤규섭의 이니셜도 Y이고, 유병수의 이니셜도 Y란 생각이 퍼뜩 들었다. 유미는 벌떡 일어나 서랍에 간직하던 상자를 꺼냈다. 프랑스에 올 때 짐을 많이 챙기긴 않았지만, 엄마의 유품과 유미의 일기장과 기록 들을 신주 단지 모시듯 가져왔다. 분실되면 안 되는 분신 같은 소중한 물건이었다. 유미는 그 속에서 엄마의 일기장을 꺼냈다. 그리고 예전에 보았던 그 구절, "아아, Y……
평생을 그의 숨겨진 여자로 산다 해도 나는 괜찮아……. 하지만 언
젠가는……."이라는 구절을 찾아냈다. 그리고 눈물로 얼룩져 있는
"나의 인숙에게"로 시작되는 편지도 찾아냈다. 이 편지를 쓴 인물
이 Y라는 표시는 어디에도 없다.

하지만 유미는 무섭게 솟아오르는 흥분으로 자신의 일기장과 편
지들을 뒤졌다. 그게 아직 있을까…… 예전에 유미가 돈이 없어 잠
깐 지완의 집에 기거하다가 한 달 만에 나온 적이 있다. 그때 유 의
원이 월세 보증금에 보태라며 돈 봉투를 준 적이 있다. 그 안에 간
단한 편지가 들어 있었다. 유미에게 용기와 희망을 잃지 말고 살라
는 내용이었다. 너무도 고마운 데다 만년필로 쓴 호방한 글씨체가
멋져서 일기장에 붙여 놓고 자주 들여다보던 편지였다. 편지는 접힌
채로 일기장 어느 페이지에 붙어 있었다! 유미는 떨리는 손으로 엄
마의 유품에서 나온 낡은 편지와 대조해 보았다. 아아, 100퍼센트
확신할 수는 없지만 글씨는 육안으로도 비슷해 보였다. 20년이 지
나면 사람의 외모는 변할 수 있지만 글씨는 변하지 않는 거 아닌가.
그렇다면……! 유미는 힘없이 바닥에 주저앉았다. 진실이 저만치
등대의 불빛처럼 흐리게 깜빡거리는 듯했다. 그렇다면 새로운 Y라
는 인물은……!?

프랑스에 오기 전에 유미는 맹인 안마사 정희에게 윤 회장의 칫
솔과 머리칼을 몰래 가져다 달라고 부탁했었다. 조두식의 말마따나
꼬리 춤을 추든 복수를 하든 유미는 윤 회장이 친부인지 아닌지를
꼭 확인해야 했다. 그래야 윤동진의 일도 마음으로 정리를 할 수 있

을 것 같았다. 친자 확인을 위해 유전자 감식 연구소로 샘플을 보냈다. 결과는, 부(父)로부터 물려받은 대립 유전자가 없다는 불일치 판정이었다.

도약

서울은 비에 젖어 있었다. 8개월 만에 파리에서 서울로 돌아오니, 마치 '비의 제국'에 입국한 것 같았다. 곳곳이 푹 젖어 음습한 곰팡내가 나는 것 같았다. 서울로 돌아오니 유미는 자신의 출생 비밀과 인생의 근원도 마치 곰팡이의 서식지 같을 거라는 우울한 생각이 문득 들었다. 새로 시작하고 진취적으로 추진해야 할 사업도 사업이지만, 자신의 근원적인 문제를 확인하고 해결해야 했다. 미래의 청사진과 과거의 확인이라는 딜레마에 빠져 며칠간 머릿속의 혼란이 정리가 잘되지 않았다.

유미는 차근차근 일을 풀자고 마음먹었다. 사촌 수민의 집에 들러 중요한 짐을 챙겨 시내의 레지던스 호텔에 방을 잡았다. 폭우가 쏟아지던 밤에 호텔로 박용준이 찾아왔다. 와인 한 병을 사 들고 온 용준은 잔뜩 기대에 부푼 얼굴로 문을 열자마자 유미에게 달려들 태세였다.

"쌤, 보고 싶었어요. 이 글로벌 시대에 사랑에만 국경이 있네요. 우리 얼마 만인지!"

하지만 유미가 용준을 부른 건 용준의 의중을 떠보고 싶었기 때문이다.

"잠깐, 숨 좀 돌리고. 와인 한잔할까?"

용준이 와인 코르크를 열고 유미는 잔을 내왔다.

"쌤, 이거 되게 비싼 와인이에요."

"그러네. 박용준 수준이 그새 많이 업그레이드됐네."

유미가 와인 병을 들어 라벨을 확인하자 용준이 어깨를 으쓱하며 말했다.

"제가 이제 윤조미술관의 핵심 큐레이터잖아요. 특히 해외 업무 쪽으로는. 다 쌤 덕분이긴 하지만요."

"그래서 거기 뼈를 묻을 거야?"

"네?"

"그럴 거 아니면…… 나를 좀 도와줄래?"

용준이 유미의 얼굴을 탐색하며 물었다.

"무슨 계획이 있으세요?"

유미는 고개를 끄덕이다 물었다.

"요즘 윤조미술관은 어떻게 돌아가고 있어?"

"강 관장은 배가 남산만 해 가지고 오늘내일하고요. 쌤이 구매를 도와주신 작품들로 전시회 오픈하면 곧 출산휴가에 들어갑니다. 중요하고 비싼 작품들이라 진작부터 화제에 올라 있어요. 저도 그동안 준비하느라 고생 좀 했는데 당분간은 한숨 돌릴 만해요. 마침

쌤도 오셨으니 저도 멋진 휴가를……."

용준이 와인을 한 모금 마시며 유미의 머리칼을 만지작거렸다.

"참! 용준의 초심은 어때? 나에게 맹세했던 애정과 신뢰와 충성은 변하지 않았겠지?"

유미도 와인 한 모금을 물고 그윽한 눈으로 용준을 바라보았다.

"그럼요."

용준이 그 말을 입증하기라도 할 듯 키스를 하려고 다가왔다.

"잠깐. 용준이 늘 맹세하던 충성도와 신뢰도를 어떻게 믿을 수 있을까?"

"그거야 제가 쌤을 얼마나 사랑하는지 잘 아시잖아요."

"애정도가 충성도와 신뢰도를 늘 입증하는 건 아니지. 이제 그걸 시험할 때가 왔어."

"또 무슨 미션을 맡기려고 그러죠?"

"이건 비즈니스야."

"비즈니스요?"

유미는 서울에서 계획하고 추진하려는 일을 설명했다.

"아직까지는 철저히 비밀인데, 내가 그 유명한 다니엘 화랑의 이름을 딴 지점을 낼 거야. 하지만 내가 오너지. 그러니 날 도와 달라는 거지."

"어떻게요?"

"윤조를 그만둬."

"아니, 그건…… 당장에 그만두기는……."

"스카우트야. 보수도 나쁘지 않게 주려고 해. 내가 구해 놓은 중요한 작품들, 그리고 다니엘 화랑의 인맥과 전폭적인 지지로 한국 미술판을 주무를 거야. 난 자신 있어. 머지않아 윤조미술관을 누를 거야. 사람이 없어서 그러는 건 절대 아니야. 자기도 알다시피 우린 팀워크가 끝내주잖아."

"그렇죠. 하지만 제가 당분간 윤조에 있으면서 쌤을 물밑으로 도와주는 게 더 나을 수도 있어요."

"좋아, 그럴 수도 있지. 그것도 다 생각해 봤어. 그렇다면 내가 미션을 줄 거야. 하지만 명심해. 만약 날 배신하면 죽음으로 갚게 해 줄 거야."

용준이 자신만만한 투로 말했다.

"미션을 잘 수행하면요?"

"그럼 당연히 보상을 해 주지."

"제가 원하는 보상을?"

"원하는 게 뭐지?"

"쌤을 갖고 싶어요. 영원히."

"그건 말도 안 돼! 난 물건이 아닌데? 그리고 난 자유로운 여자야. 게다가 영원한 소유가 어디 있니? 완전한 순간적 합일도 순간적 소유일 뿐이지, 안 그래?"

유미가 와인 잔을 들어 동의를 구했다.

"날 일인자로 인정해 줘요. 그동안은 윤동진을 일인자로 인정했기에 참아 왔어요. 하지만 이젠 쌤이 윤동진을 향해 복수를 하는 걸 도와주는 마당이니……."

유미는 용준이 무슨 생각을 하는지 이해가 되었다.

"참 남자들은 왜 그렇게 서열에 집착해? 뭐, 부동산 경매 배당 순위도 아니고. 난 사랑을 믿지 않는다고 했지? 다만 전에도 말했듯이 난 계산만큼은 철저하게 할 거야. 윤조보다는 더 실속 있게. 월급뿐 아니라 이익금을 배당해 줄 생각이야."

"그래요? 윤조보다 이익이 더 크다면 당연히 쌤을 도와야죠. 명령만 내려 주세요."

"그러나 다른 무엇보다 중요한 건, 나 또한 어떤 남자보다도 박용준을 믿고 있다는 거야."

유미는 술잔을 살짝 올리며 용준의 눈을 보고 진지하게 말했다. 용준이 목이 타는지 혀로 입술을 핥으며 속삭였다.

"쌤, 제 초심은 변함없어요."

용준의 욕망이 속에서 널름대고 있는 걸 알아챘지만, 유미는 모른 척했다. 용준이 와인을 물 마시듯 마셨다. 급기야 용준이 갈증 난 사람처럼 유미의 입술에 키스했지만 유미는 용준을 살며시 밀어냈다. 용준이 머쓱해했다.

"쌤이 전과 좀 달라진 거 같아요."

유미는 대신 돈을 더 쓰는 한이 있더라도 이제는 감정을 아끼고 싶다는 생각이었다.

"변한 건 없어. 우리도 이젠 비즈니스 파트너로서 매사에 신중할 필요가 있어."

"쳇! 이게 좋은 건지 나쁜 건지 모르겠어요. 섹스 파트너와 비즈니스 파트너, 양손에 떡을 다 쥘 수는 없나요?"

"미안, 게다가 오늘은 하필 또 날짜가…… 꿉꿉한 날씨에 피비린

내는 별로잖아?"

유미는 아래를 가리키며 생리 중이라고 거짓말을 둘러댔다. 오늘은 머리가 복잡해서 욕구가 전혀 일어나지 않는다.

"대신 일이 잘 진행되면 기분 좋게 상큼하게 하자. 알았지? 이렇게 감정을 조절하는 것도 냉혹한 승부의 세계에서는 중요해. 자기도 그럴 수 있지?"

오랜만에 잔뜩 기대를 했던 용준은 할 수 없이 고개를 끄덕였다. 유미 앞에만 서면 바지 속의 이놈이 뻣뻣해져도 이상하게 용준 자신은 유미의 말을 거부할 수 없다. 결국 술 취한 용준은 충견처럼 얌전히 물러나 폭우를 뚫고 귀가했다.

유미의 머리가 복잡한 것은 저녁 무렵 지완과의 통화 때문이었다. 지완은 황인규와 이혼하고 새 남자를 만나 알콩달콩하게 지내고 있다고 했다. 황인규에게는 이제 관심을 가질 이유도 없지만, 예전의 전화번호가 모두 바뀌었는지 지완도 새 연락처는 모른다고 했다. 그보다 더 안타까운 것은 유미가 만나 보려고 했던 유 의원이 며칠 전에 뇌졸중으로 쓰러져 중환자실에 입원해 있다는 사실이다. 유 의원과 단둘이 이야기해 보려던 희망이 무너져 내린 우울함 때문에 가슴이 무거웠던 것이다.

그가 그대로 숨을 거두기라도 한다면…… 너무도 허망할 것 같았다. 가만히 생각하니 그 옛날 대학 입학식 날, 그의 차에 부딪혀 첫 인연을 맺게 된 것부터가 예사롭지 않은 느낌이다. 그가 만약 아버지라면…… 그에게 아버지라고 꼭 불러 보고 싶었다. 그런데 그가 의식이 없다니…….

그의 눈빛 또한 각별했다. 그는 내가 자신의 딸이라는 걸 알고 있었을까? 맞아! 그래서 내 주변에서 나를 지켜보면서 내가 나락에 빠지지 않게 돌봐 주고 새 삶을 살 수 있도록 나를 인도했던 거야. 이유진은 유미의 프랑스 유학을 지원한 사람이 누구인지 모르며, 단지 조두식이 중간에서 그 일을 대행했다고 했다. 조두식이 유 의원, 윤 회장과 깊은 관계가 있다고만 했다. 하지만 유미는 유 의원과의 인연, 그리고 그의 연민에 찬 눈빛을 떠올리면 그가 엄마의 연인 Y이자 자신의 친부라고 생각할 수밖에 없었다. 홍길동도 아닌데, 20년 동안 아버지를 아버지라고 부르지 못하고 살았다니…… 그 또한 유미를 바라보면서 얼마나 가슴으로 눈물을 삼켰을 것인가. 그렇게 생각하자 이복 자매인 지완이 혼자 유 의원의 사랑을 독차지하고 살았다는 게 너무도 화가 났다. 하지만 그건 어디까지나 유미의 상상일 뿐이다. 아직 확인되지 않은 사실이었다. 내일이라도 그를 보러 병원에 한번 들러 봐야겠다. 그리고 내일이라도 당장 필체 감정을 의뢰해야겠다는 생각이 들었다.

과거의 모든 열쇠를 쥐고 있는 조두식은 유미가 가진 전화번호로 연락이 되지 않았다. 그를 만나기 위해서는 고수익을 통하는 수밖엔 없다. 고수익을 만나야 한다. 그리고 이제부터는 그와 동지가 되어야 할지도 모른다.

얽힌 과거가 유미의 발목을 칡넝쿨처럼 붙잡고 있지만, 또한 떨치고 나가 자신의 사업 계획을 실천에 옮겨야 한다. 그게 복수가 되었든, 꿈의 실현이 되었든, 온전히 자신만의 능력으로 세상에 서야 한다. 어린 시절이라면 아버지에게 기대겠지만, 이제 아버지는 아버지일 뿐이다. 그건 이제 별개의 문제다. 다만 자신의 근원을 찾고 자신의 인생을 이해하고 싶을 뿐이다. 아버지로 살아가지 못했던 그의 인생에 대해서도 듣고 이해할 수 있다면 이해해 주고도 싶었다. 그렇게 생각하니 자신이 이제 참으로 어른이 된 것 같아 뿌듯했다. 성공해서 아버지란 늙은 노인에게 멋진 선물을 하고 싶어졌다. 멋지게 화랑을 열어 성공하고 싶다.

유미는 잡생각을 떨치려고 수첩을 꺼내 정리를 하기 시작했다. 화랑을 오픈하는 작업은 누군가가 실무를 맡아 주면 좋겠지만, 박용준은 일단 두고 볼 생각이다. 그는 그러기에는 너무 많은 비밀을 알고 있다. 유미는 인사동에서 작은 화랑을 열고 있는 대학 동창 우승주를 염두에 두고 있었다. 이미 만나서 윤곽을 잡고 이야기를 진행하고 있는 중이다. 그리고 김 교수와도 두어 가지 프로젝트를 의논하려 하고 있다.

파리의 다니엘에게서는 매일 전화가 걸려 왔다. 서울에 온 지 며칠 안 됐지만, 유미의 부재가 그의 사랑을 더 부추기나 보다. 다니엘과 통화가 끝나면 유미는 런던에 있는 에릭과 통화했다. 에릭은 아버지보다 확실히 사업 수완이 더 뛰어난 남자다.

우승주의 도움으로 인사동 요지에 건물을 빌리고 화랑을 열 실무적인 준비를 진행했다. 사실 다니엘 화랑의 지점 격이긴 하지만 여러 가지 실무적이고 행정적인 문제들이 좀 복잡했다. 하지만 실질적인 내용 면에서는 다니엘과 에릭과의 묘한 삼각관계식 협업과 동업으로 알짜배기 작품들을 취급할 수 있었다. 실력 면에서도 유미는 자신이 있었다. 게다가 국내파 갤러리스트 우승주의 도움과 박용준이 빼돌린 고급 컬렉터들의 인맥과 상세 정보도 큰 도움이 될 것이다.

화랑의 이름은 고심했지만, 결국 '우주갤러리'로 정하기로 했다. 우승주의 명의를 빌리고 유미는 표면에 나타나지 않는 게 좋겠다는 생각이 들었기 때문이다. 우승주의 이름에서 '우' 자와 '주' 자를 따서 지었다. 해외에서는 글로벌하고 유니버설한 화랑의 이미지를 추구한다는 뜻에서 '우주'의 영어 단어인 '코스모스'를 넣어 '코스모스 갤러리'로 통용하기로 했다. 세계적인 화랑으로 크기를 바라는 염원이라 해도 좋지만 코스모스는 유미가 아주 좋아하는 꽃이기도 하다. 큰 의미와 작은 의미가 조화를 이루는 화랑 이름이라 마음에 들었다. 바야흐로 오유미 인생의 제2의 도약을 목전에 두고 있다.

사업을 추진하는 바쁜 와중에도 유미는 유 의원이 입원해 있는 병원에 문병을 갔다. 중환자라 가족들에게도 면회 시간이 엄격하게 제한되어 있어서 지완네 가족들과 함께 면회를 할 수밖에 없었다. 유 의원은 링거와 온갖 기기들로 둘러싸인 채 눈을 감고 누워 있었다. 예전과는 다른 느낌으로 가슴이 뛰었다. 유 의원은 노인이지만 정치꾼답지 않게 깨끗하게 늙은 모습이었다.

"아빠!"

지완이 유 의원을 불렀다.

"아버지!"

지완의 오빠 지훈도 유 의원을 불렀다. 만약 저분이 나의 아빠라면…… 유미는 그들이 부러웠다. 유 의원이 가늘게 눈을 떴다.

"아버님······."

유미는 입술을 달싹이며 겨우 그렇게 불러 보았다. 유 의원이 유미 쪽으로 눈을 돌리는 듯했다. 그러나 눈빛이 희미했다. 유미는 가슴속으로 사막의 모래바람처럼 절망이 밀려오는 걸 느꼈다. 면회 시간이 다 되어 물러나자 지완이 유미를 병원의 식당가로 데리고 갔다. 커피를 앞에 놓고 두 사람은 잠깐 말이 없었다. 지완이 입을 열었다.

"저만해도 한숨 돌린 거야."

"생명엔 지장 없으시니?"

"생명에 지장이 없는 게 문제가 아니라 이제부터 장기전에 돌입할지 모르지. 몸을 잘 쓰지 못하고 말을 못 하실지도 모른대. 좀 더 좋아지면 일반 병실에 갈 수도 있는데 지금은 좀 더 두고 봐야 한대."

"그래······ 황인규 씨는 연락 전혀 안 되고?"

"몰라. 아마 병원이나 시설에 있지 않을까? 시댁 쪽에 연락하면 알 수 있겠지. 아버지가 돌아가신 것도 아니고 이제 내가 연락할 일이 뭐 있니?"

지완은 유미가 황인규의 연락처를 알고 싶어 하는 이유를 상상조차 하지 못할 것이다. 다만 유 의원의 위급 상황 때문에 인사 삼아 유미가 묻는 줄 안다. 유미는 지완과 인연이 끝난 그녀의 시댁에까지 연락해서 인규의 거취를 물을 명분이 없었다.

"근데 우리 아빠 저러다 갑자기 의사 표현도 못 하고 돌아가시면 유산 문제는 어떻게 될지 모르겠다. 아직 유언장 작성했다는 소린 못 들은 거 같은데."

지완이 영악한 얼굴로 유산 문제를 이야기하다가 갑자기 생각났다는 듯 말했다.

"아빠가 갑자기 쓰러지기 얼마 전에 네 얘기를 묻더라. 그래서 내가 요즘 걔 한국에 없어요. 프랑스에 있는 것 같아요. 그랬더니, 그러면 혹시 몇 년 동안 한국에 오지 않느냐고 물으시더라. 모르겠다고 했더니 그냥 쓸쓸한 얼굴이 되시더라고. 그러며 늘 그랬듯이 앞으로도 자매처럼 의좋게 지내는 친구가 되어라, 그러시더라. 노인네 참…… 넌 어째 늙은 남자들한테도 인기가 좋니!"

지완이 살짝 눈을 흘기며 농담하듯 웃었다. 유미는 말없이 웃어 주었다. 유 의원 또한 언젠가 닥칠 죽음을 의식하고 유미를 만나고 싶어 하지 않았을까……. 지완의 그 말에 유미는 점점 더 심증이 굳어 가는 느낌이 들었다.

지완과 헤어져 인테리어 공사 중인 화랑으로 가는 길에 전화가 한 통 걸려 왔다. 고수익이었다. 한두 번 전화를 한 적이 있는데 안 받더니 드디어 그가 전화를 했다. 이제 그가 좀 어색하게 느껴졌지만, 내색하지 않고 반갑게 전화를 받았다.

"아! 이크! 고수익 씨, 오랜만!"

"그러게. 전화했던데 미안……."

"일부러 안 받은 거야?"

"응."

"왜?"

"무서워서…… 하하."

수익이 말끝에 웃음을 달았다.

"지은 죄는 있어서…… 정말 괘씸해."

유미는 그동안 고수익이 정체를 숨기고 접근해 왔던 걸 생각하면서 일단 쏘아붙였다.

"얘긴 들었어. 형한테서."

"그래서 이제 나한테 전화한 거고?"

"맞아. 형이 부탁하더라고. 형을 어떻게 구워삶은 거야?"

"구워삶긴. 진실이 통한 거지. 참, 한번 보자. 지금 어디야? 난 인사동 잠깐 들렀다가 숙소로 들어갈 건데."

"나도 인사동 근처에 있는데……."

"그럼 우리 만나. 당장 만나!"

유미는 인사동에서 고수익을 만나 이른 저녁을 먹기로 했다. 둘이 처음 만나 홍어 삼합과 막걸리를 마셨던 한식집이었다. 고수익은 변함없이 예의 그 눈웃음을 달고 나왔다. 이제야 그 눈웃음이 처음부터 낯설지 않았던 이유가 확연해졌다. 이유진과 닮은 그 눈웃음은 고종사촌지간인 두 남자네 친가의 유전형질이었던 것이다. 아, 저 살인 미소에 내가 두 번을 죽었다니. 유미는 마주 보고 한동안 말없이 웃기만 했다. 정작 하고 싶은 얘기가 있었지만 어수선한 밥집에서는 꺼내기가 뭣했다.

"밥 마저 먹고, 나 화랑 들러서 상황만 확인한 후에 우리 조용한 데 가서 얘기 좀 해."

"조용한 데 좋지. 그런데 화랑은 왜? 아, 그 대학 동창 친구네 화랑?"

"아니, 내가 요 근처 인사동에 화랑을 하나 내려고 준비 중이야."

"와우! 화랑? 멋진데!"

수익을 데리고 나와 내부 공사 중인 화랑으로 가니 마침 승주가 안에 있었다.

"어?"

수익이 놀라자 승주가 반갑게 다가왔다.

"어머, 내 고객! 작년에 우리 화랑에서 작은 그림 하나 샀잖아요?"

승주는 수익을 기억했다. 노처녀 승주가 수익의 눈웃음을 보며 미주알이 어쩌고 하면서 호들갑을 떨더니…….

"아, 예…… 샀죠. 저로서는 첫 컬렉션이었죠."

수익이 씨익 웃었다.

"참, 승주가 도와주고 있어. 국내와 해외로 나눠서 나와 함께 동업 비슷하게 시작하려고 해. 국내 작품은 이 친구가 담당하고."

승주가 끼어들었다.

"그때 보험회사 다닌다고……?"

"아, 그거요. 그만뒀어요."

"그럼 요샌 뭐해요? 그때도 꿈이…… 컬렉션도 하고 화랑 같은 거 하고 싶다 그랬잖아요?"

수익은 그냥 씨익 웃기만 했다. 수익이 유미에게 접근하려는 작업의 일환이었는지 모르지만, 작년에 수익이 그림을 하나 샀다고 승주가 확인해 준 적이 있다.

"예, 하고 싶어요. 여기서 우선 일을 배우고 싶어요. 저를 한번 써 보시죠. 후회하진 않으실 테니."

갑자기 수익이 진지하게 이야기했다.

"어머! 정말? 난 좋은데. 근데 월급 주는 사장은 오유미야. 여기다 잘 부탁해 봐요. 볼수록 너무 매력적이셔!"

승주가 딱, 내 타입이야 하는 얼굴로 헤헤거렸다.

"진담이야?"

유미가 수익에게 묻자 수익이 고개를 끄덕였다.

"내 능력을 과소평가하지 말아요. 유진 형을 예술가로 만든 것도 난데."

"그건 무슨 소리야?"

수익이 유미에게 귓속말을 했다.

"유미 씬 사실 나를 잘 모르잖아."

"하긴."

"옛날부터 사진작가를 꿈꾸고 사진을 찍었던 건 바로 나야. 유진 형이 그런 나를 보고 영감을 얻어서 자기 인생의 새로운 목표로 삼은 게 사진작가였고."

그제야 유미는 어느 날 윤동진이 내민 사진들과 나중에 유미에게 보내진 그 사진들이 실은 고수익이 찍었던 게 아닐까 하는 생각이 들었다.

"그래서 이크는 예술가는 못 되고 파파라치가 되었던 거야?"

유미는 일부러 슬쩍 비틀며 뼈 있는 농담을 던졌다.

고수익과 깊은 이야기를 나누기 위해 유미는 그를 데리고 숙소로 돌아왔다. 이상하게 어색해서 유미는 양주를 꺼내 잔에 따랐다.

한때 멧돼지처럼 저돌적이던 수익도 머쓱한 표정으로 앉아 있었다. 유미가 위스키 잔에 입술을 대며 말을 꺼냈다.

"마셔. 왕년의 애인인데, 정체를 알고 나니까 분위기가 좀 그렇네. 막 화도 나고 어처구니가 없는데 화를 내긴 그렇고⋯⋯ 꼬리에 꼬리를 물고 있는 이 상황이 참!"

"화를 내긴. 누가 할 소리! 운 좋은 줄 알아. 유진 형의 복수로 내 손에 일을 치르지 않은 게 다행이지."

"정말 복수할 생각이었어? 나를 죽일 생각이었어?"

"처음엔 그랬지. 이상한 편지 보내면서 심리적으로 압박부터 하고."

고수익이 싱긋 웃었다. 아, 이제 생각난다. 발신인이 기재되지 않았던 수상한 편지들.

"그다음엔 인사동 갤러리에 나타났고? 사랑에 빠진 척 연기하며 내게 접근했다니 용서할 수 없어."

"그런데 접근할수록 점점 더 끌렸어. 한 가지 오해한 게 있는데, 내가 미션으로만 오유미를 상대했던 건 아니야."

"무슨 소리야?"

"당신을 좋아했다는 얘기야. 이렇게 이쁜 여자를 괴롭혀야 하나 고민이 좀 있었지. 이러니 유진 형이 갈팡질팡하다 그런 꼴을 당했구나 싶었어. 그래도 불쌍한 형을 생각하며 복수할 기회를 노릴 수밖에. 하지만 내가 오유미 씨를 도와준 적도 있잖아."

"뭘?"

"내게 SOS 요청했을 때 곽 사장 혼내 준 일. 그리고 유미 씨가 윤동진을 사진으로 협박했을 때, 그 사진들 생각 안 나? 내가 몰래 찍은 사진들을 당신에게 보냈던 거야. 재벌 2세 놈이 너무 비겁해서 말이야. 유미 씨가 재벌과 양아버지란 두 인간에게 이리저리 이용당하는 줄도 모르고 고통당하는 게 안쓰러워서……."

수익의 말을 들으니 몇 가지 일들이 아귀가 맞는다.

"안쓰러워서 완전 잔인해질 수가 없더라고. 덕분에 형의 마음도 많이 누그러졌지. 그런 연민이 혹시 사랑이 아닐까 헷갈렸던 적이 많았다는 얘기야. 간혹, 아니 사실은 당신을 미워할 수 없었어."

"왜? 내가 이뻐서?"

유미가 농반진반으로 웃으며 물었다.

"아니, 사랑에도 욕망에도 심지어 악에도 솔직하고 열정적인 당신이 또한 연민도 많은 여자라는 걸 알게 됐거든. 완벽한 척하지만 내 눈엔 빈틈도 보이고 인간적인 귀여운 악녀로 보이기 시작했거든."

"나 원 참! 악담인지 칭찬인지…… 그건 그렇고 수익 씨, 유진 오빠에게 들었으면 알겠지만, 나를 좀 도와줘. 우선 솔직하게 대답해 줘. 조두식 씨와는 어떤 관계야? 그 사람 지금 연락도 안 돼."

"나도 조의 실체는 잘 몰라."

고수익도 위스키를 한 잔 더 따라 마시고는 웃음기를 거두고 진지한 얼굴로 말했다.

"형이 알려 준 정보대로 몇 단계를 거쳐 조두식에게 이르게 되었는데 지금은 오합지졸이 된 조직의 중간 보스쯤 되지 않을까 싶어. 나도 현재 조직의 실체는 몰라. 지금은 일종의 점조직 같아. 야쿠자 조직과 관련되어 있다는 얘기도 있고. 아마 한국에 없다면 어쩌면 일본에 가 있을지도 모르겠어. 사실 조 역시 내 정체를 잘 모를 거야. 그냥 예전 조직에 잠깐 관련된 흥신소 직원으로 아는 정도야. 사실 오유미 씨에게 접근하기 위한 구실로 조두식에게 먼저 접근한 거지. 형의 말로는 조두식이 오유미의 과거부터 뭔가 여러 일에 연루되어 있는 거 같다고 했어."

"그래서 조두식이 뭘 시켰는데? 사진 찍고 비디오테이프도 훔치고?"

"음, 그랬지."

"비밀번호는 어떻게 알았어?"

"그런 거야. 손가락 몇 번 움직이면 돼."

"어이구, 하여간! 그럼 비디오테이프는 봤어?"

"아니, 비디오기기가 없어서 못 봤어."

"정말?"

"정말."

"조두식과 만나는 사람들로는 누가 있지?"

"그건 조두식이 워낙 비밀스러운 인간이라 노출을 잘 안 해. 하지만 YB그룹하고 관련 있다는 건 알게 됐지."

"YB그룹 윤 회장과 말이지?"

"그건 내가 알아낸 거야. 그런데 어떻게 그럴 수 있는지 모르겠어. 잘 이해가 안 돼. 교묘하게 오유미와 YB그룹을 오가며 병 주고 약 주고 하는 거 같더란 말이지. 양아버지라는 인간이 어떻게 그럴 수 있는지……."

조두식이라면, 그 야비한 하이에나 같은 인간이라면 그럴 수 있을걸. '불가근불가원(不可近不可遠)'을 생의 모토로 삼고서 호랑이 꼬리를 잡고 호랑이 아가리에 물리지 않고도 신나게 꼬리 춤을 출 수 있는 인간일걸. 유미는 조두식의 검은 손길이 그림자처럼 유미의 주변에서 얼쩡댔던 걸 알고는 다시 한 번 분노했다.

"혹시 정치인 유병수 의원하고 연결돼 있나? 유진 오빠 말로는 예전에 조두식이 윤규섭 회장, 유병수 의원 두 사람과 연결되어 있던 거 같다고 했는데 혹시 몰라?"

"그런 건 포착을 못 했어."

"혹시 그럼, 그 사람의 사위인 황인규 사건은 알아?"

"황인규……?"

수익이 잠깐 생각하는 눈치더니 고개를 흔들었다.

"조두식 연락처는 알고 있지? 내가 알고 있는 휴대폰이 안 돼."

수익이 고개를 흔들었다.

"대포 폰이 여러 개라…… 혹시 일본에 가 있으려나……? 만약 조한테서 연락이 오면 알려 줄게. 어쩌면 조만간 연락 올 만한 일이 있어."

"그래, 꼭 부탁해. 참, 요즘 수익 씨는 어떻게 지내?"

"유미 씨가 어느 날 종적을 감춰서 나야 외롭게 지냈지 뭐."

"내가 프랑스에 있는 건 어떻게 알았어?"

"윤조미술관의 그 잘난 체하는 녀석이 슬쩍 가르쳐 줬어."

용준이 고수익이 한두 번 미술관으로 찾아왔다고 했는데 그때 알려 준 걸까? 그 이상은 모르겠지. 사실 용준도 다니엘과의 계약 약혼 같은 프랑스에서의 사생활에 대해서는 잘 모를 텐데…….

"그럼, 고수익 씨는 도대체 누구야? 뭐야?"

"양파 같은 남자. 한 꺼풀씩 벗겨서 먹어 봐."

붉게 술이 오른 수익이 활짝 웃으며 눈웃음을 쳤다.

"요지는 내가 고수익 씨를 이제부터는 믿어도 되느냐고. 적인지, 동지인지?"

"애초부터 나의 대빵은 이유진이었고 그 와중에 조두식을 통해 오유미에게 접근한 건데, 대빵이 화해 협정을 맺었다니까 우린 동지 아냐? 게다가 내 진심도 이제야 확연히 확인이 되네."

"확인?"

"응, 내 마음을 이제 확실히 알겠어. 내가 오유미를 실상은 사랑 하고 있었던 거 같아. 그런 의미에서 우리 오늘 결연식 맺을까?"

"결연식?"

"우린 이제 한배를 탔잖아. 결연식을 하려면 몸 도장도 찍어 야……."

수익이 그윽하게 미소를 머금은 눈으로 바라보았다. 저 눈웃음. 사람을 무장해제 시키는…… 이유진의 것과 닮은 저 눈웃음. 이유 진의 고종사촌이라는 걸 알고 보니 정말 둘이 닮았다. 꿈에도 상상 할 수 없던 일이다. 죽었으리라 생각한 이유진과 고수익이 아예 작 정하고 접근했는데, 그걸 어떻게 알아채고 막을 수 있었겠는가. 수 익의 얼굴을 바라보자 유진의 모습이 떠올랐다. 그 매력적인 눈웃 음을 잃고 한쪽 눈이 실명된 채 휠체어에 의지하는 신세가 된.

"나 솔직히 홀가분하고 기분 좋아. 전에 섹스할 때면 형의 옛 여 자라 좀 그랬는데…… 형도 유미 씨를 만나고 나니까 오히려 오랜 미망에서 벗어났대. 형이 오히려 유미 씨를 행복하게 해 주래."

이유진의 그 말이 가슴에 아프게 박혔다. 이유진을 정말 좋아했었는데 사람의 인연과 운명이 참 묘하게 흘러간다. 그래도 유진을 이자벨이라는 첫사랑이 돌봐 주고 있어서 다행이란 생각이 들었다. 수익이 따라 준 위스키를 그의 잔과 부딪쳐 함께 스트레이트로 원샷 하고 나자 두 사람의 마음이 좀 나긋나긋해졌다. 갑자기 수익이 유미에게 달려들었다. 유미는 잠깐 저항하다가 수익을 받아들였다. 함께 침대로 쓰러지자 오래지 않아 두 사람은 예전의 격렬한 키스신과 베드신을 재연하기 시작했다. 수익은 유미에게 입을 맞춘 채 옷가지를 하나씩 벗으며 유미의 옷도 솜씨 좋게 벗겨 냈다. 유미가 그 틈에 헐떡이며 말했다.

"이거 적과의 동침 아닌가 몰라."

"일단 적의 속을 알아야 백전백승이지."

수익이 유미의 귓불을 물며 속삭였다. 오랜만에 보는 수익의 몸이었다. 그의 몸은 변함없이 매끈하고, 침대에서의 그는 여전히 정열적이었다. 유미가 늘 침실 문손잡이로 쓰고 싶다고 생각했던 수익의 물건이 잡아 달라는 듯 되똑하니 까딱거렸다. 백자 다기 주전자의 손잡이처럼도 보였다. 유미는 그것을 살짝 쥐고, 그가 적이라 할지라도 돌이킬 수 없는 내 편을 만드는 수밖에 없다는 생각을 했다.

사람의 몸은 참 이상도 하지. 수익과 절교하고 유진을 만나 수익의 정체를 알고 나서는 마음이 닫힌 듯 어색하더니 다시 몸이 열리자 마음은 옛날의 추억과 리듬에 금세 빠져들었다. 애초에 유미에게 접근하기 위해 작업을 했든 어쨌든, 이제는 수익과 한배를 탔다. 그리고 유미를 사랑했다는 수익의 말이 어느 정도 진실이라는 생각이 들었다. 사람의 말보다 몸은 정직하니까. 예의 수익의 그 '손잡이'를 열면 신비로운 그의 세계로 들어가기라도 할 것처럼 유미는 연신 '손잡이'를 비틀고 밀고 당겼다.

어느 순간, 수익의 몸과 마음이 유미에게 자연스레 하나로 느껴지기 시작했다. 그러자 유미의 몸도 자연스레 활짝 열렸다. 수익은 유미를 보고 빈틈이 있으면서도 순수한 여자라고 했던가. 빈틈이란 말에 별로 기분이 좋지 않았다. 유미는 빈틈없이 수익의 몸을 바짝 조이고 수익 또한 빈틈없이 유미를 밀어붙였다. 절정의 순간, 유미는 어느 비밀의 방 안으로 빨려들어 가는 것 같았다. 눈부신 빛으로 가득 찬 온통 하얗고 환한 세계로…….

수익과 오랜만에 재회하여 '결연식'을 맺은 이후 며칠 지나지 않아 수익이 조두식의 새로운 연락처를 알려 주었다. 약속대로 그가 '한배'를 탄 유미에게 성의를 표시한 것이다. 유미는 내친김에 조두식에게 전화를 걸었다. 조두식은 약간 놀란 눈치였다.

"어어, 너 웬일이냐? 어디야?"

"서울이에요. 그동안 연락이 안 되던데 아저씨야말로 어디세요?"

"나? 나야 홍길동 아니냐. 동가식서가숙(東家食西家宿) 흐흐…… 그런데 내 연락처 어떻게 안 거야?"

"저도 다 아는 수가 있어요. 그나저나 한번 만나면 좋겠는데. 어디세요? 거기가 지옥이라도 제가 갈게요."

"우리 뭐 계산이 안 끝났냐?"

"계산이야 진작 끝났죠. 아저씨가 머리카락 한 올이라도 손해 볼 사람이에요? 『베니스의 상인』에 나오는 샤일록 같은 인물이죠."

유미는 가증스럽고 섭섭한 속마음을 누르며 그렇게 에둘러 표현했다.

"얘가 뭘 또 꼬투리 잡으려고 그러나……?"

"뭐 좀 여쭤 보고 싶은 게 있어서 그러니 한번 만나요. 제가 고등 어찌개 해 놓을까요?"

"아니다. 내가 요즘 사업 구상도 할 겸 칩거 중이다. 상황 봐서 내가 한번 찾아가겠다."

조두식이 전화를 끊을 태세여서 유미는 얼른 용건을 얘기했다.

"전에 아저씨가 저랑 약속했죠? 제가 꼭 필요한 일이 있을 때는 한 번쯤 저를 도와주시겠다고. 그래요. 우선 한 가지만 물을게요."

"좋다. 물어봐. 귀는 말고 흐흐……."

조두식이 느물느물 농담을 했다.

"아저씨가 윤 회장과 각별한 사이라는 건 짐작했어요. 그런데 유병수 의원과는 어떤 관계인가요? 또 아저씨와 그 두 사람은 어떤 관계인가요? 저의 과거에, 아니 제 인생에 그 사람들은 도대체 무슨 일을 한 건가요?"

"얘야, 질문이 한 가지가 아니잖냐? 난 머리가 나빠서 그렇게 복잡한 질문은 이해 못 해. 한 가지만 물어, 한 가지만."

"좋아요, 아저씨. 우리 거래할까요? 아저씨 거래 좋아하시죠? 그럼 정보를 제게 파세요."

"얘가 무슨 섭섭한 소리를! 아무리 그래도 내가 네 양아빠다."

"그래요. 그럼 하나만 대답해 주세요. 유병수 의원이 제 프랑스 유학을 지원하셨나요? 그렇다면 그분이 제 친부인가요?"

"누가 네 친아빠인지는 난 몰라. 네 엄마도 모르는 걸 내가 어찌 아냐. 도둑이 제 발 저린 거 보면 윤 회장 아니겠어?"

"아저씨, 제발 솔직하게 좀 진실을 말해 주세요. 제게는 너무도 중요한 문제예요. 친아빠도 모르고 자라난 저에게 연민이 조금이라도 있다면 솔직하게 말해 주세요."

"그게 좀 묘해. 나중에 기회가 되면 아는 데까진 알려 주겠다. 유병수와 윤규섭을 내가 좀 알지. 유병수가 일견 너그럽긴 해도 그 인간은 정치인이야. 정치인은 겉과 속이 달라 믿을 수가 없어. 윤규섭은 장사꾼이고. 장사꾼은 냉정하고 계산적이지. 윤 회장, 아주 악질이고 나쁜 놈이지. 하지만, 누가 좋은 사람이고 누가 나쁜 사람인가는 겉을 보고 판단해선 안 되지."

"아이 참, 점점 모를 소리!"

"인생이 그래서 재미있는 거 아니냐? 요지경이니까."

"아저씬 진실을 어디까지 알고 계세요? 엄마가 죽기 전에 혹시 유언이나 뭐 남긴 게 있지 않아요?"

엄마의 마지막을 알고 있는 유일한 남자다. 엄마의 유품 중 예전에 보았던 일기장이 보이지 않았던 걸 기억하고 물었다.

"글쎄다…… 혹시 나한테 네 엄마 유품이 있다면 언제 만나서 돌려주마. 하지만 내 짐이라는 게 동가식서가숙하다 보니 온전하게 보관되어 있는지 모르겠다. 자, 이제 전화 끊자."

조두식이 급하게 전화를 끊었다. 유미가 다시 번호를 눌렀으나 더 이상 연결이 되지 않았다. 조두식과 통화를 하면서 이상하게 더욱더 혼란에 빠져들어 기분이 찝찝했다.

그때 휴대폰이 울렸다. 액정 화면을 보니 국제전화였다. 다니엘이었다.

"오, 다니엘!"

"로즈, 내 사랑. 잘 있었어?"

"그럭저럭요."

"그럭저럭이라니. 난 살맛이 안 나는데…… 로즈가 없으니 빈자리가 정말 크게 느껴져. 내가 이렇게 당신을 그리워하게 될 줄은 정말 몰랐어."

"나도 다니엘을 떠나오니 허전해요. 하지만 여기 일이 너무 바빠서…… 건강하죠?"

"모르겠어. 우울해서 그런가 여기저기 안 좋아. 언제 와?"

"조만간 여기 갤러리 오픈 전에 잠깐 들러야 할 거 같아요. 작품도 더 구하고 전시 작품 선정도 하고요. 여기 갤러리 오픈 때는 다니엘도 초대할게요."

"당연한 거 아니야? 내가 알짜배기 작품을 얼마나 대 주는데."

"맞아요. 다니엘이 없으면 난 꿈을 이룰 수 없어요."

"그래서 행복해?"

"그럼요. 당신은 내 구세주예요. 정말 행복해요."

"그래, 당신이 행복하면 나도 행복하지 뭐."

"너무 보고 싶어요, 다니엘."

"나도. 키스를 보내. 쪼옥!"

"저도요."

유미가 전화기에 대고 쪽! 소리를 내고 끊었다. 그러다 갑자기 생각난 듯 전화를 걸었다. 에릭이었다.

"아, 에릭!"

"오! 로즈! 잘 지내요?"

"네, 에릭도? 다음 달에 할 경매 리스트 봤어요. 제가 조만간 그림 구매하러 런던에 갈게요."

"아, 그래요? 기대돼요. 보고 싶고……."

"참, 윤조미술관에서 원하는 건 이제 일단 다 구해 줬죠? 영수증도 알아서 다 완벽하게 처리했고요?"

"물론, 당연히! 데미안 허스트는 좀 아깝긴 하지만……."

"그래 봤자 「나비」는 흔하잖아요. 코스모스 갤러리 오픈 때 맞춰서 「신의 사랑을 위해」를 전시하면 정말 좋을 텐데."

"그거야 로즈 하는 거 봐서, 내가 데미안이 그 해골을 들고 나타나게 할 수도 있지. '나의 사랑을 위해' 말이지."

"정말?"

"나의 사랑에 로즈는 뭘로 보답할 거죠?"

"눈에는 눈, 이에는 이, 사랑에는 사랑 아닌가요?"

"암튼 내가 가장 원하는 걸 줘야 해요."

"좋아요."

에릭의 사랑을 보상하기 위해 주어야 할 것은 어쩌면 뻔하지 않은가. 그가 다니엘의 아들이라는 게 걸리긴 하지만. 그가 원한다면…… 유미는 몇 번의 만남이 있었지만 절제와 긴장 속에서 쿨하게 대처하던 에릭의 세련된 매너를 떠올렸다. 신사의 도시 런던이라고 누구나 신사가 되는 건 아닐 텐데 껄떡대고 질척대지 않는 그의 모습이 더욱 매력적이었다.

데미안 허스트가 세계에서 제일 비싼, 1000억 원이 넘는 자신의 작품인 다이아몬드 박힌 해골을 들고 유미의 갤러리 개관식에 나타나 준다면 더할 나위 없는 이벤트이자 성공적인 홍보가 될 것이다. 세계 유수의 알짜배기 작품들을 소장하고 전시할 수 있는 코스모스 갤러리의 명망은 시간문제일 거 같다. 유미는 가슴 한편이 풍선을 분 듯이 부풀어 오르는 걸 지그시 누른다. 아아, 윤조미술관의 작품보다 더 멋진 작품들을 전시할 수 있다니! 윤조미술관 측에서는 표면적으로는 다니엘 화랑이 주축이 되어 거래를 했기에 물밑에서 작업한 사람이 오유미라는 걸 모를 것이다. 기껏 알아봤자 로즈라는 이름만 알게 되겠지. 하지만 유미가 세상으로 떠오르는 것 또한 시간문제다. 그때 윤 회장이나 윤동진의 모습은 어떨까?

그때 용준에게서 전화가 걸려 왔다.

"쌤, 뉴스가 있어요. 강 관장이 오늘 갑자기 배가 아프다며 병원에 갔어요. 아들을 낳았답니다."

"그래? 그 집 남자들 좋아하겠군."

말은 그렇게 해도 왠지 가슴이 싸해졌다.

"그렇죠. 큰아들에게는 딸만 둘이라는데, 강애리 복이 어디 붙어 있는지……."

"사랑받는 강아지 상이잖아."

"그나저나 전시 오픈 앞두고 갑자기 당겨서 애를 낳았으니 난 이제 일 복이 터졌네요. 우주갤러리랑 투잡 하는 거 힘들겠어요."

"충성심의 문제지. 뭐 기사는 많으니까 알아서 해. 용준, 배가 불렀네. 강애리만큼 만삭이구나. 간이 배 밖으로 나왔네."

"아, 쌤! 그렇다고 그렇게 말씀하시면 섭섭합니다. 이번 전시만 하고 우주로 건너가려고 합니다."

"참, 윤동진 이사는 어디 있어?"

"요즘 몽골과 중국에 자주 가 있습니다. 현지에 수주받은 공사 지휘 감독하느라…… 첫아들 낳았는데 조만간 들어오겠죠."

"윤동진 들어오면 내게 알려 주고, 서울에서의 일정을 대충 알면 내게 귀띔해 줘."

"알겠어요."

첫아들과 첫 손자를 안고 기뻐할 윤동진과 윤 회장의 얼굴이 스크린처럼 지나갔다. 만족감과 승리감에 취한 강애리의 얼굴도 떠올랐다. 강애리의 임신으로 한 방에 KO 패를 당한 작년의 치욕이 새삼 다시 떠올랐다. 이렇듯 축복받은 아이를 낳는 여자의 기쁨이란 얼마나 클까. 그리고 아이의 아버지가 누구인 줄도 모르는 여자는 또 얼마나 큰 두려움과 고통 속에서 태어난 아이와 대면하게 될까? 유미는 자신의 출생을 떠올리고 또 엄마를 떠올렸다. 아무리 그래도 엄마는 아버지가 누구인지 알고 있지 않았을까. 예전에 언뜻 보았던 엄마의 일기장엔 그런 진실이 숨어 있을 것이다. 그 일기장이 없어졌다. 조두식이 갖고 있을까?

이제는 아빠가 된 윤동진의 심정은 어떨까? 그의 성적 취향에 강애리는 호응하지 못할 것이다. 만족스럽지 못한 결혼 생활을 이어 가는 윤동진은 유미를 그리워했을까? 윤동진과의 특별한 인연이 다시 떠오르자 그를 한번 보고 싶다는 생각이 들었다. 윤 회장은 윤동진에게 유미의 거취에 관해 어떤 언질도 주지 않았을 것이다. 조두식의 말대로라면 윤 회장은 지은 죄가 있어서 유미가 자기 딸인 줄 지레짐작하며 살아왔던 것 같다. 흔히 재벌이나 고위층 인사가 심증은 있으나 끝내 혼외 자식의 친자 확인을 하지 않는 이유는, 사실로 밝혀졌을 때의 두려움을 피하기 위함 아닐까? 두려우니까 끝끝내 피하는 거다.

유 의원의 얼굴이 스쳐 지나갔다. 그도 유미가 친딸이라며 나타나는 걸 평생 원하지 않았겠지. 무엇 때문에? 체면 때문에? 명분 때문에? 스스로 고매한 체면을 지키며 살다가 눈을 감으면 진실도 묻힐 거라고 생각했겠지. 그가 그렇게 세상을 떠난다면 유미는 그저 남은 한평생 침묵으로 비밀을 지켜야 할까?

그러나 진실을 일단 알고 싶다. 조만간 어떡하든 친부 확인을 할 수 있는 방법을 강구해야겠다. 도대체 엄마는 왜 그렇게 복잡한 남자관계를 가졌던 거야? 그 시절, 엄마도 나처럼 책상 다리 같은 서너 명의 애인들이 떠받들며 사는 여자였을까? 그래도 어떻게 자기 자식이 누구 씨인지도 모를 수 있었을까? 성인이 될 때까지 아버지란 남자를 모른 채 그저 상상 속에서 이상적인 아버지를 꿈꾸어 왔다. 최고위 과정 강의가 인연이 되어 만난 윤동진과 연애를 하면서 부딪히게 된 윤 회장이 엄마와 인연이 있었다는 것도 놀라운 사실이었다. 그가 그렇게 윤동진과의 결혼을 악착같이 반대하고 유미를 곁에 두고 싶어 하지 않은 것은 지은 죄가 있어 그런 거라 생각했다. 조두식의 의견은 도둑이 제 발 저린 심리라고 했다. 그러나 신정희가 수집해 온 윤 회장의 샘플로 몰래 친자 확인 검사를 하니 윤 회장이 친부가 아니라는 결과가 나왔다. 시원섭섭했다. 그래도 윤동진과 이복 남매가 아니라 남이었다는 사실은 그나마 좀 홀가분했다. 그러나 한편으로는 유미가 친딸인 줄 알고 끝끝내 윤동진과 떼어 놓은 윤 회장에 대한 원망이 새록새록 돋아났다.

그리고…… 이제 가장 강력한 친부 후보로 등장한 유 의원. 스무 살 초봄에 우연히 만난 그를 매개로 지완과 친구가 되었다. 지완의 아버지인 그가 내 아버지였으면 하고 생각한 적이 여러 번이었다. 그는 유미 눈에 멋진 신사로 보였다. 그런데 처음부터 그가 그렇게 끌렸던 것은, 뭐랄까 핏줄이 서로 당기기 때문이었던 걸까?

그러나 이 모든 것…… 생의 이면에 거미줄처럼 얽혀 있는 이 회로가 운명이라면…… 그 우연과 필연에 소름이 돋았다. 어떻게 소설의 플롯보다 더 정교할 수 있는 걸까? 아니면 모종의 음모가 진행되고 있어서 이 모든 것이 완벽하게 프로그래밍 된 것일까? 유미는 앞으로의 전개가 궁금했다. 자신의 인생이 참 드라마틱하다고 늘 느꼈지만, 왠지 무언가 알 수 없는 반전이 도사리고 있을 거 같다. 여태까지의 커다란 반전은 이유진이 살아 있다는 것이다. 그에게 돈으로 용서를 구했건 어쨌건, 죄책감으로부터 많이 자유로워졌다. 아직 유진에게 갚아야 할 마음의 빚은 남아 있다. 평생을 갚아야 할지도 모른다.

유미는 그럴수록 황인규의 거취를 알고 싶었다. 그의 정신을 갉아먹고 있는 '살인의 추억'이라는 트라우마를 벗겨 내 줘야 한다.

그가 정신병자가 된 직접적인 원인은 테러에 의한 상해겠지만, 평생 시달려 온 죄책감이 결국 그를 그렇게 몰고 갔을 거란 생각이 들었다. 아무리 겉으론 대범한 척, 강한 남자인 척하지만 황인규는 심성이 연약한 남자다. 아니, 대부분의 남자는 덩치만 크지 심성은 한없이 상처받기 쉬운 연약한 어린아이 같다. 그에 비해 여자란 동물은 얼마나 질기고 강한가. 지완을 보더라도 그렇지 않은가. 물론 나는 더하고. 황인규에게 가해진 모종의 테러도 밝혀내고, 황인규의 거취도 수소문해 봐야겠다.

하지만 갤러리 준비 작업에 박차를 가하자 하루하루 정신없는 나날을 보내게 되었다. 프랑스에도 자주 왔다 갔다 해야 하니 예정대로 갤러리의 명의자인 우승주를 일종의 바지 사장으로 앉혀야 했다. 유미는 실질적 물주인 재벌들이나 고급 컬렉터들을 소개받고 물밑에서 관리해야 했다. 작년부터 비엔날레 총감독을 맡고 있는 김 교수도 만나고, 그 외 아트 페어의 실질 책임자와도 접촉을 했다. 그렇게 기초공사로 굵직한 미팅들을 연달아 하자 개인적인 업무를 볼 틈이 전혀 없을 정도로 바쁜 나날이 지나갔다.

어느 날 지완에게서 전화가 왔다. 왠지 언뜻 예감이 좋지 않았다.

"어, 지완아. 웬일이니?"

유미가 조심스레 물었다. 혹시 유 의원이 눈을 감았다거나 그런 소식은 아닐까?

"유미야, 잘 지내지? 많이 바쁘니?"

"응, 요즘 많이 바쁘긴 해. 게다가 며칠 후면 파리에 들어가 봐야 해서……."

"갔다가 또 오지?"

"응, 앞으로 자주 왔다 갔다 하게 될 거 같아. 넌 어때? 재미있니?"

"그냥 그래. 인생이 왜 이렇게 복잡하니?"

"뭐가 그리 골치 아파? 연애 때문에? 아버님 때문에……?"

"두 가지 소식이 있어. 좋은 소식과 나쁜 소식, 뭐부터 말할까?"

"좋은 소식부터 말해 봐."

"아빠가 일반 병실로 옮기셨어."

"정말!? 잘됐다, 얘."

"그런데 의식은 있지만 말은 못 해서. 몸 움직임도 둔하시고."

"그래도 한시름 놨겠다."

유미도 왠지 마음이 홀가분해졌다.

"그런데 나쁜 소식이 있어."

"뭐야?"

"시댁에서 연락이 왔어. 애들 아빠가 어제 병원에서 탈출했대. 그런데 시댁에도 오지 않았고 찾을 수가 없나 봐. 연락도 물론 안 되고…… 나더러 그리 알고, 보게 되면 꼭 알려 달라고 하더라고."

"황인규 씨가!?"

유미는 갑자기 머리를 한 대 맞은 듯 멍했다.

"혹시라도 그럴 일이야 없겠지만, 인규 씨에게서 연락이 오거나 보게 되면 꼭 알려 줘. 이 사람, 끝까지 속을 썩인다. 전생에 원수였나 봐."

"당연히 그래야지. 그런데 상태가 어떤데……?"

"나도 정확히는 모르지. 안 본 지 오래됐잖아. 꽤 안 좋은가 봐."

지완과 통화를 끝낸 유미는 일이 손에 잡히지 않았다. 진작 그의 거취를 알아내서 면회라도 가서 진실을 말하고 그의 짐을 좀 덜어줄걸. 인규를 꼭 만나고 싶다. 하지만 지완도 어디 있는지 모르는 인규를 어디서 찾아낸단 말인가.

　저녁에 일 때문에 용준을 만난 유미는 우울하게 인규의 소식을 전했다.

　"그것참, 안됐네요. 작년에 나한테 찍자 붙고 한판 붙은 거 생각하면 그렇지만."

　"그래서 말인데, 그 사람의 행방을 어떡하든 알 수 없을까?"

　"그러지 않아도 병원 측과 경찰에서 찾으려 할 텐데요, 뭐. 그나저나 그 남자랑 뭐 있어요?"

　"왜?"

　"왜 그렇게 서로가 관심이 많아요? 작년에 미술관에 와서 그 남자가 난동 부릴 때 그 남자 눈빛을 보니 좀 이상했어요. 광기로 번득이긴 했지만, 뭔가 쌤에게 매달리는 절박한 남자의 이루 말할 수 없는……."

　"됐네. 그런 거 없어."

　"그나저나 조만간 파리에 가셨다 언제 오세요?"

　"오래 걸리지 않을 거야. 그림도 더 골라 와야 하고."

　"다니엘이라는 남자와 그 젖소 부인처럼 가슴 컸던 애인이랑은 잘 있죠? 그 집에서 쌤과 보냈던 밤이 떠오르네요. 파리, 다시 가 보고 싶은데, 윤조미술관 일이 지금 장난이 아니라서."

　용준이 입맛을 쩝, 다셨다. 용준은 그 이후의 일에 대해서는 모른다. 일사천리로 진척된 다니엘과의 관계나 에릭의 경매 회사와 베르나르까지 낀 비즈니스의 실태를. 어쩌면 다니엘도 에릭도 베르나르도 서로가 묘하게 연결되어 있다는 걸 모를 것이다. 유미의 청사진에서 그들은 다만 큰 점일 뿐이다. 하지만 그런 점들을 연결하면 유미가 원하는 별자리가 된다.

"그런데 쌤은 어떻게 그렇게 능력이 좋으세요? 다니엘 화랑에서 그렇게 전폭적으로 지원을 해 주니 말이죠."

"다 누이 좋고 매부 좋고 한 거지, 뭐. 다 윈윈 하는 게 좋지."

용준이 목소리를 낮췄다.

"맞아요. 말이야 바른 말이지. 뭐, 윤조미술관도 비자금 조성하니까 좋고."

"내가 부탁한 모든 일은 철저히 비밀에 부치고 그 영수증 사본 잘 챙겨 놔."

"쌤이 하란 대로 하고 있어요."

유미는 윤 회장이 자신은 인간을 제외하고는 뭐든지 다 카피를 떠 놓는 철저한 인간이라고 말했던 걸 기억했다.

"참, 그런데 지난번에 갤러리에 들렀더니 우승주 관장님이랑 그 '살소'가 있던데……."

"살소?"

"예, 살인 미소. 그 남자도 갤러리 식구예요?"

살인 미소…… 고수익을 말하나 보다.

"음, 필요한 업무가 있어서 비상근으로. 왜 내가 전에도 얘기했잖아. 사업 파트너라고. 앞으로 서로 도우며 잘 지내 봐."

"쳇, 그럴 때 보면 쌤은 꼭 여왕봉 같아요."

"와우! 남자를 일벌로 거느리는 여왕봉, 그거 맘에 든다."

유미가 웃었다. 유미가 갑자기 생각난 듯 핸드백에서 봉투를 꺼냈다.

"받아. 윤조에서 월급이 좀 올랐겠지만, 이거 솔직히 낚싯밥이야."

"어, 괜찮은데. 저야 뭐 쌤 그물에 걸린, '잡아 놓은 물고기'인데요, 뭐."

"아버지 병원비에나 보태 써."

"그걸 어떻게 아시고……?"

"언젠가 치매로 장기 요양 병원에 계신다고 말했잖아."

"기억력도 섬세하시긴. 쌤, 그럼 고맙게 받을게요. 쌤은 미워할 틈이 없네요."

"언제 미워했어?"

"가끔. 쌤 맘이 내 맘처럼 안 느껴질 때요."

그러니까 돈이 필요한 거야. 유미는 속으로만 말했다. 돈이 전부는 아니라고 하지만 땜빵질을 해 줄 수는 있다. 그리고 윤활유도 된다. 돈이란 그래서 좋은 것이다. 한국에 오자마자 설희를 만나서 공부만 열심히 하면 미국이든 유럽이든 유학 자금을 대 주겠다고 말하고 용돈을 듬뿍 주었다. 그애의 눈빛에 선망의 빛이 가득했다. 부모 자식 간에도 돈은 좋은 것이다. 유미는 머지않아 펌프질을 하듯 돈이 가속도를 내며 콸콸 쏟아지는 상상을 해 본다.

며칠간 일 처리를 해 놓고 파리행 비행기 표를 예약하려니 왠지 발길이 떨어지지 않는 느낌이었다. 사업 진행은 순조롭게 잘되고 있지만 무언가 자꾸 불안한 마음이 들었다. 파리에는 기껏 일주일 정도나 있다 다시 와야 할 것 같았다. 중간에 런던에도 한 번 다녀와야 하고, 유진도 만나고 싶었다. 사진전을 후원하도록 해서 유진을 격려하고 싶다. 그의 예술혼을 북돋워 남은 인생에 좀 더 애착을 갖게 하고 싶다. 인규에게도 당신은 살인자가 아니라고, 정신 차리고 살라고 말해 줄 수 있다면. 그가 베네치아의 꿈을 다시 이룰 수 있게 도와줄 수 있다면. 그럴 기회가 있다면 얼마나 좋을까. 함께 악의 구렁텅이에 빠졌던 동반자로서 나름대로 인규를 의지했던 부분이 있었다는 걸 부인할 순 없다. 그렇게라도 보상을 해 줄 수 있다면…… 그렇다면 얼마나 좋을까. 하지만 그의 상태가 어떤지 짐작조차 할 수 없는 데다 인규로부터는 어떤 연락도 오지 않았다.

유미는 파리로 떠나기 전, 마음먹은 일 한 가지를 실행하기로 했다. 이른 아침 시간이라면 성가시게 여러 사람과 마주치지 않을 것이다.

유미는 열린 병실 안으로 유 의원이 누워 있는 걸 보고 있다. 곁에는 아마도 간병인인지 늙수그레한 여인이 앉아서 물수건으로 그의 손을 닦아 주고 있었다. 유 의원은 어린 아기처럼 무력하게 몸을 맡기고 있었다. 약간 수척하고 눈자위는 퀭했으나 혈색은 나빠 보이지 않았다. 그는 눈을 감고 있었다. 유미가 다가가 여자에게 인사를 했다.

"안녕하세요? 간병인이신가 본데……."

"그런데 누구세요?"

"예, 저는 이분이 친딸처럼 예뻐해 주셨던, 유 의원 따님인 지완이 친구인데요. 아버님이 일반 병실로 옮기셨다는 얘기 듣고 지나다가 잠깐 문병 왔어요. 수고가 많으시네요."

"아, 그러세요? 이제 좀 웬만하시니까 요즘엔 식구들이 매일 들르지도 않으셔요. 내일이나들 오시려나. 그나저나 알아보시려나……? 영감님!"

유 의원이 눈을 떴다.

"아버님, 저 알아보시겠어요? 유미예요."

그의 얼굴에 동요의 빛이 떠올랐다.

"말을 못 하세요. 어쩌다 버버 거리긴 해도."

"제가 누구인지 아시면 고개를 끄덕여 보세요. 아님 눈을 깜빡이시든가요."

유미가 유 의원의 손을 잡았다. 나뭇등걸 같은 힘없는 손이 잡혔다.

"얼른 일어나셔서 제가 누구인지 말씀해 주셔야죠."

아빠, 네가 바로 평생 그리워했던 내 딸이다, 이렇게 말이죠. 이 말이 입속에서 맴돌았다. 유 의원이 힘들게 고개를 한 번 끄덕이고는 눈을 힘겹게 깜박였다. 그 통에 그의 한쪽 눈에서만 힘없이 눈물이 주르르 흘렀다. 순간 유미는 가슴이 먹먹해졌다. 옆의 간병인만 아니면 유 의원을 흔들며 소리를 치고 따지고 싶었다. 하지만 유미는 냉정을 되찾았다.

"아버님, 저를 딸처럼 사랑하셨잖아요. 저는 아빠를 그리면서 엄마랑 얼마나 외롭게 살았는지 몰라요. 전 옛날부터 아버님이 꼭 우리 아빠 같았어요. 정말요."

유미의 목소리가 축축해지자 유 의원의 눈빛도 슬픔에 잠기는 듯했다. 그가 뭐라고 입술을 달싹였으나 말이 되지는 못하고 힘없는 바람처럼 가늘게 공기를 흔들고 지나갔다. 간병인이 있는 데다 감정이 격해지려고 해서 유미는 일단 병실을 나왔다.

병원 식당가로 내려와서 아침으로 설렁탕 한 그릇을 앞에 두고 한 숟갈 떠 넘겼다. 목이 메고 아팠다. 눈물을 꾹 참으려니 대신 콧물이 나왔다. 유미는 휴지로 코를 닦아 가며 설렁탕을 억지로 먹었다. 유 의원은 어떤 말도 하지 않았지만, 표정이나 눈빛을 통해서 그의 의중을 말보다 더 정확하게 드러내고 있었다는 생각이 들었다.

간병인이 마실 주스를 사 가지고 다시 병실로 올라가니 여자가 아는 체했다.

"방금 잠드셨어요. 근데 아빠를 일찍 여의었나 봐요. 영감님을 아빠처럼 따르니…… 나도 딸이 두 살 때 과부가 돼서 그 심정 알아요. 우리 딸도 맘씨 좋은 아저씨는 다 제 아빠라 그랬어."

"그래요? 이분 얼굴만 봐도 아빠 생각이 나요. 이거 애쓰시는데 드시고요. 제가 잠깐 있을 테니 혹시 볼일 있으시면 보고 오세요."

주스 상자를 안기니 간병인이 히죽 웃으며, 그럼 그럴까 했다.

"안 그래도 은행 가서 일을 좀 봐야 되는데……."

간병인이 나가자 유미는 유 의원이 자는 모습을 한동안 들여다보았다. 그리고 손을 들어 그의 얼굴을 쓰다듬다가 머리칼 몇 올을 채취했다.

유미는 수익이 모는 차를 타고 인천공항으로 달리고 있다. 자칫 파리행 비행기를 놓칠 판이다. 왜 그리 늦잠을 잤을까? 하긴 밤에 잠을 설쳤으니 그럴 만도 했다. 그나마 수익이 아침에 전화를 해서 겨우 깼다. 어제 유미는 종일 혼란의 늪에 빠져 허우적댔다. 친자 확인 검사 결과를 통보받았기 때문이다. 결과는…… 믿을 수 없었다. 유병수가 친부가 아니라는 통보를 받아 들고 유미는 고개를 저었다. 심증 99프로였는데…… 다만 1프로의 확인만이 필요했는데…… 과학은 오유미의 유전자에 '부로부터 물려받은 유전자가 없다.'라는 판정을 내렸다. 허방을 디딘 듯 허탈했다. 그리고 더 깊은 미스터리에 빠져들었다. 유 의원이 친부가 아니라면, 그는 왜 내 인생에 그토록 간여했을까? 아직 밝혀지진 않았지만, 짐작건대 유병수야말로 익명의 후원자로 생각하고 있었는데…… 아니란 말인가. 병실에서 유미에게 보여 준 그의 눈빛과 눈물의 진실은 무엇이란 말인가. 사실 유 의원이 아버지일지도 모른다는 생각을 갖게 되면서 유미는 사랑하는 사람의 마음을 확인한 여자처럼 안심되고 설렜다. 만날 사람은 만나고야 만다는 필연의 법칙에 전율했다. 그리고 이제 마음속 깊이 아버지를 그리워하고 찾던 여정을 홀가분하게 끝낼 수 있겠다는 생각에 깊은 만족과 안도감을 느꼈다. 유미의 생래적 결핍이 그것으로부터 시작되었기 때문에. 하지만 다시 원점으로 돌아왔다. 그렇다면 도대체 아버지는 누구란 말인가?

공항에 도착한 유미가 카운터에서 겨우 탑승 수속을 마쳤다. 걱정하던 수익이 안심했다는 표정을 지으며 테이크 아웃한 커피 두 잔을 들고 웃고 있었다.

"비행기 놓치면 이 기사가 다시 태워 가려고 대기 중이었지."

탑승 게이트로 들어가기 전까지 35분의 시간이 남아 있었다. 수익과 이런저런 담소를 나누며 커피를 마시고 일어섰다.

"유진 형에게 안부 전해 줘. 다음엔 나도 동행하고 싶다."

"알았어. 우 관장 도와서 갤러리 일도 좀 봐주고. 잘 있어."

유미는 작별 인사와 부탁의 말을 늘어놓다가 여태껏 정신없어서 휴대폰 확인을 못 했다는 생각에 별생각 없이 휴대폰을 열었다. 몇 통의 전화가 와 있었다. 언뜻 보니 모르는 전화번호였다. 전화를 해 볼까 하다가 그만두었다. 별거 아니겠지. 곧 탑승할 텐데 귀찮아. 부재중 전화 이후로도 문자가 한 통 들어와 있었다. 10분 전에 온 문자였다. 무심코 들여다보던 유미는 심장이 멎는 듯했다. 모르는 전화번호의 주인이 보낸 문자는 유미의 심장을 깊숙이 찔렀다.

전화를 받지 않는군. 이제 어떤 후회도 원망도 남아 있지 않아. 두렵지도 않고. 모든 죄와 고통을 품고 난 떠난다. 이게 내가 너를 사랑하는 유일한 방법이고 속죄다. 벼랑 끝에서 나눈 너와의 치명적인 사랑은 내 인생의 축복이자 재앙이었다. 베네치아의 꿈도 물거품이 되고 내 삶도 이제 흔적 없이 지워지겠지. 저 눈부신 물비늘이 나를 유혹한다. 안녕. 우리 하늘에서 다시 만날 수 있을까?

인규다!

"유미 씨, 왜 그래? 얼굴색이⋯⋯."

수익이 사색이 된 유미를 불렀다. 유미는 손이 떨려 왔다. 그 전화번호로 통화 버튼을 눌렀지만 전원이 꺼져 있다는 안내가 나왔다. 정신없이 탑승 수속을 하는 동안 유미가 놓친 두 통의 전화가 문자를 보낸 번호와 일치했다. 그러니까 인규는 전화 통화를 시도하다 포기하고 마지막으로 문자를 보낸 것이다. 유미는 카운터에 탑승 취소를 일방적으로 알리고 수익에게 울 듯이 소리쳤다.

"당장 날 양평으로 데려다 줘!"

차 속에서 유미는 간절히 기도했다. 아아, 인규 씨! 제발…… 제발 나를 좀 기다려 줘.

인규가 저지를 일이 현실이 아니길 바랐다. 사실 유미는 연락이 되지 않는 인규에게 메일을 보냈었다. 혹시라도 그가 메일을 열어 본다면 이유진이 살아 있다는 사실을 알게 될 테니…… 하지만 계속 수신 확인이 안 된 상태였다. 문자 내용으로 보아도 인규가 메일을 읽지 않은 것은 확실했다.

차는 전속력으로 달렸다. 수익은 금방이라도 울음을 터뜨릴 듯 굳어 있는 유미의 얼굴을 보고 아무 말 없이 운전에 몰두했다. 유미의 직감이 맞는다면 인규는 '베네치아' 분점을 내려고 했던 강가에 있을 것이다. 조금씩 이성을 찾게 되자 한 가지 생각이 떠올랐다. 지완에게 연락해야 할까? 하지만 인규가 보낸 문자를 뭐라고 핑계 댈 것인가. 아니면 내가 먼저 인규를 찾은 다음에 연락을 할까. 인규는 자신이 모든 것을 안고 떠나겠다고 했다. 평소 인규의 불같이 급한 성격이라면 어쩌면 그는 이미 물귀신이 되어 있을지도 모른다. 하지만 인규가 아직도 강가를 서성거리며 망설이고 있다면…… 그렇다면 유미는 인규를 홀로 만나고 싶다. 지완에게는 끝까지 탄로 나면 안 된다. 인규도 그걸 원할 것이다. 하지만 이건 인규의 목숨이 달려 있는 비상사태 아닌가. 유미가 갈등하다가 지완에게 전화를 할 결심을 했을 때 마침 지완에게서 전화가 왔다.

전화기 너머 지완의 목소리는 울먹이고 있었다.

"유미야, 애들 아빠한테서 문자가 왔는데 좀 전에 봤지 뭐니. 유서 같은 문자야. 애들 잘 부탁하고 또 행복하라며…… 물의 도시 베네치아로 돌아가고 싶다나 어쩐다나. 지금 119와 경찰에 연락해놓고 양평으로 달려가고 있어. 어쩌면 좋니, 유미야."

"그래? 별일 없을지도 모르잖아. 지완아, 일단 침착해. 나도 갈게."

유미는 전화를 끊고 방금 전 인규에게서 온 문자를 지웠다. 유미는 전에 인규와 한 번 간 적이 있는 강변을 떠올렸다. 인규는 땅을 샀다며 베네치아의 꿈에 대해 유미에게 자랑삼아 얘기하곤 했다.

현장에 도착하니 지완의 차와 경찰차가 보였다. 지완은 강변에서 경찰과 이야기를 하고 있었다. 유미는 고수익을 차에서 기다리게 하고 지완에게 다가갔다.

"인규 씨는 어떻게 됐니?"

"몰라. 모르겠어. 나도 좀 전에 왔어. 경찰이 마신 지 얼마 안 된 소주병을 찾았대. 담배꽁초도."

"너무 걱정 마. 그게 인규 씨 거라는 증거가 있어?"

유미는 가슴이 터질 것 같았지만 우선 지완을 위로하고 보았다.

"그러게…… 결정적인 증거야 시신을 찾아내는 거겠지. 그런데 인규 씨가 꼭 장난을 친 거 같아. 믿을 수가 없어. 다들 속았지, 그러며 웃으면서 나타날 거 같아."

유미도 예전부터 장난을 잘 쳤던 인규가 그렇게 나타나길 바랐다. 여름 햇살에 흘러가는 강물의 물비늘이 찬란히 빛나고 있었다. 어쩌면 인규가 저걸 한 시간여 전에 보고 있었다는 게 믿어지지 않았다. 강물도 햇빛도 비현실적인 느낌이었다. 순간 유미의 뇌리에는 인규와 함께 바라보던 베네치아의 물빛이 어른댔다. 인규 씨, 돌아와. 아무렇지 않게 무구한 얼굴로 웃으며 돌아와.

수익은 차에 앉아 강변에 선 두 여자의 뒷모습을 물끄러미 바라보고 있었다. 유미는 강을 보며 담배를 피우고 있었다. 담배연기를 내뿜는 유미의 오르내리는 등이 깊은 한숨을 쉬는 것처럼 보였다. 유미에게 아무것도 묻지 않았지만 수익은 사태를 짐작할 수 있을 것 같았다. 황인규. 한때는 그가 쫓던 남자였다. 유진의 원수를 갚는다는 명목으로 그를 추적해 왔다. 수익은 이곳을 기억할 수 있었다. 그러니까 지난해 봄⋯⋯.

수익이 유미를 직접 만나기 전인 작년 봄. 수익은 그날 밤, 유미의 아파트 앞에서 '잠복근무'를 하고 있었다. 오유미와 관계된 남자들을 파악하기 위해서였다. 조두식의 명령으로 수익은 그 무렵, 유미의 아파트에 몰래 잠입해서 비디오테이프를 훔치거나, 유미의 행적을 파악하기 위해 간혹 유미의 주변에서 지켜보고 촬영을 하곤 했다. 그렇게 조두식이 원하는 일을 하면서 이유진을 파멸로 이끈 오유미라는 여자에게 접근할 자료와 빌미를 나름대로 준비하고 있었다. 당시 수익은 호시탐탐 기회를 엿보며 유진의 복수를 대신해 주겠다는 일념으로 가득 차 있었다. 오유미를 공격하거나 파멸시키기 위해 적절한 타이밍을 기다렸다. 그리고 공범으로 파악된 황인규도 혼내 주려고 벼르고 있었다.

그날 아파트 앞 주차장에 럭셔리하고 잘빠진 재규어 한 대가 나타나더니 말쑥한 남자가 유미의 아파트로 올라가는 걸 확인했다. 그런데 얼마 후 지프를 모는 또 한 남자가 아파트로 올라가는 걸 목격했다. 거의 같은 시간에 두 남자가 올라간 걸 보고 호기심에 기다렸는데 한 남자가 내려왔다. 그는 자신의 지프에서 뭔가를 꺼내 두리번거리더니 흥분한 포즈로 재규어의 타이어에 대고 박아 넣었다. 언뜻 보니 와인 스크루 같기도 하고 긴 송곳 같기도 했다. 수익은 거리를 두고 그걸 몰래 촬영했다. 수익은 그 남자가 황인규라는 걸 어렵지 않게 확인할 수 있었다. 남자는 차에 앉아 술병을 입에 대고 마시며 담배를 피워 댔다.

얼마 후 재규어 주인이 아파트를 나서는 게 보였다. 수익은 몰래 그 남자도 촬영했다. 그가 YB그룹 윤규섭의 둘째 아들 윤동진이라는 건 조두식을 통해 나중에 알았다. 윤동진은 차를 출발시키다 금방 이상을 느꼈는지 나와서 타이어를 살펴보았다. 주변을 살피다가 휴대폰으로 긴급 출동 서비스를 부르는 것 같았다. 그걸 보며 황인규가 탄 지프가 슬슬 그곳에서 벗어났다. 그런데 황인규가 술에 취했는지 차도 좀 비틀거렸다. 펑크 난 윤동진의 차가 문제가 아니라 술 취한 황인규의 차가 더 위험해 보였다. 순간 수익은 황인규를 미행하기로 했다. 어쩌면 유진 형의 한을 풀어 줄 기회가 올지도 모른다는 생각이 들었다. 폐인이 된 유진 형을 보았을 때 어떤 방식으로든 복수를 하겠다고 맹세를 했다. 그것은 유진도 원한 일이었다. 그러나 유진은 황인규에 대해서는 단호했지만 오유미에 대해서는 웬지 머뭇거렸다. 그녀를 먼저 죽이려 했던 건 자기라며 자책을 하기도 했다.

운전이 불안정한 황인규의 차는 양평의 시골길을 달리고 있었다. 어둡고 한적한 야밤에 그가 아찔한 교통사고를 당하게 하는 건 별일 아닐 것 같았다. 명백한 음주 운전 사고로 위장될 것이다. 그러나 그는 어느 강변에 차를 세웠다. 그리고 차에서 내려 강가로 가더니 주저앉아서 손에 든 양주를 병째로 마저 마셨다. 검은 선글라스를 낀 수익이 다가가서 물었다.

"이유진을 기억하십니까?"

그러자 그는 펄쩍 뛸 만큼 놀라더니 소리쳤다.

"넌 누구야!?"

"이유진의 최후를 알고 있습니다. 세상은 나름대로 공평하죠. 눈에는 눈, 이에는 이, 피에는 피."

그 말에 인규가 갑자기 쥐고 있던 술병을 내리쳐서 깨뜨리고는 그걸 들고 대들었다.

"좋아. 오늘 밤 다 죽여 버릴 거야!"

깨진 술병을 들고 인규가 흥분해서 소리쳤다. 으르렁거리는 인규의 그 모습이야말로 피를 부르는 행위였다. 수익은 피가 끓어오르는 걸 느끼며 인규에게 달려들었다. 하지만 술 취한 인규도 깨진 병을 들고 필사적으로 달려들었다. 목에 찍히려는 술병을 피하기 위해 수익은 손에 잡히는 돌을 주워 인규의 머리를 후려쳤다. 인규는 머리를 감싸 쥐고 주저앉았다.

"똑똑히 기억해라. 당한 대로 돌려주마."

수익은 틈을 주지 않고 다시 커다란 돌을 들어 인규의 뒷머리를 가격했다.

마지막 눈물

에릭이 칠링한 샴페인을 잔에 따랐다.

"축하해요, 로즈!"

"고마워요. 다 에릭 덕분이에요."

"리히텐슈타인과 앤디 워홀을 그 가격에 낙찰받을 수 있었던 건 대단한 행운이에요."

"내일 데미안 허스트가 잘돼야 할 텐데……."

"최후의 방법도 있으니까 걱정 말아요."

에릭이 잔을 부딪혀 오며 살짝 윙크를 건넸다. 가슴이 짜르르, 했다. 샴페인의 자극적인 기포 탓일까. 하이드파크가 내려다보이는 런던의 사우스 켄싱턴 지역의 고급 아파트에 여름밤의 어둠이 내려앉고 있었다. 오늘 에릭은 시내에서 저녁 식사를 하고 난 후 유미를 자신의 집으로 초대했다. 손에 넣고 싶었던 작품의 경매 일정에 맞춰 1박 2일 일정으로 런던에 온 유미를 에릭이 밤에 자신의 집으로 데려온 게 유미는 의미심장하게 느껴졌다. 에릭은 늘 절제된 감정과 다정한 매너로 유미를 대해 왔다. 지금껏 만나 왔던 어떤 상대보다도 고수로 보이는 이 남자와 보낼 오늘 밤이 살짝 긴장되었다. 음악조차도 「사랑과 슬픔의 볼레로」를 틀어 놓은 이 남자. 샴페인은 의외로 빨리 취하고 기분을 업 시키는 술이다. 서로 말없이 바라보고 있지만 볼레로 음악처럼 점점 숨 가쁘게 감정이 고조되는 걸 느낄 수 있었다. 침묵을 깨고 에릭이 물었다.

"아버지를 사랑하세요?"

"글쎄요……."

유미가 여운을 남기며 대답했다. 그리고 에릭의 눈을 바라보았다. 에릭은 샴페인을 한 모금 머금은 입술로 미소를 짓고 있었다.

유미는 며칠 전 다니엘의 집으로 돌아왔다. 다니엘은 오랜만의 해후에 외로운 강아지가 주인을 반기듯 뜨거운 반응을 보였다. 그러나 얼굴은 왠지 기운 없고 수척해 보였다. 족보 좋은 비싼 강아지도 주인의 사랑을 못 받으면 털부터 추레해지는 걸까?

"다니엘, 그동안 어떻게 지냈길래, 얼굴이 좀 수척해졌네요."

"로즈, 당신이 없으니까 입맛도 없고 살맛도 안 나더라고. 당신이 없는 동안 난 확실히 깨달았어."

"뭘요?"

"그러니까 이게 사랑이라는걸…… 나, 당신이 없으면 안 되겠어."

그러며 다니엘은 유미의 품으로 파고들었다.

"아이, 아이처럼 왜 그래요. 필요할 때면 당신 곁에 제가 있잖아요. 계약 연장하면 되죠."

다니엘이 고개를 흔들었다. 그리고 유미의 눈을 응시하며 말했다.

"로즈, 우리 결혼하자."

"네? 계약 약혼은 어쩌고요? 재계약 하자고 오라 그랬잖아요."

"로즈가 없는 동안에 깊이 생각해 봤는데, 나 로즈와 결혼하고 싶어. 내 인생 이제 얼마나 남았다고 이리저리 재겠어? 처음이자 마지막으로 내가 끌리는 대로 살고 싶어."

"저는 이대로도 좋은데. 다니엘이야말로 결혼 싫어하잖아요. 자유로운 관계에, 필요할 때엔 사업 파트너도 되고 이대로도 좋잖아요."

"그랬었지. 하지만 로즈가 좋다면 결혼을 진지하게 고려해 보고 싶어."

"글쎄요…… 저도 진지하게 생각할 시간을 좀 가져야겠죠."

유미는 다니엘의 제안에 신중하게 대처하고 싶었다. 그날 저녁, 다니엘이 유미를 안았지만 그의 남성은 내내 소심하고 겸손하게 머리를 조아릴 뿐이었다. 유미의 '립서비스'에 만족한 다니엘이 유미의 품에서 아이처럼 잠들자 유미는 가만히 한숨을 지었다. 어머니의 충격적인 죽음을 보고 아홉 살에서 성장을 멈춘 아이 같은 남자…….

다니엘 생각에 빠져 있던 유미에게 에릭이 말을 건넸다.

"무슨 생각을 그렇게 골똘히 하고 있어요?"

"아, 잠깐 다니엘 생각이 나서."

"아버지가 왜요?"

"글쎄…… 이번에 저를 보고 결혼하자고……."

유미가 에릭의 얼굴을 살짝 일별하며 조심스레 말을 꺼내 보았다. 그의 얼굴에서 웃음기가 서서히 걷혔다. 싸움은 말리고 흥정은 붙이라고 했나? 두 부자 사이에서 사업을 이어 가는 유미지만, 에릭의 속마음을 떠보고 싶었다. 아니나 다를까, 그가 진지한 얼굴로 물었다.

"그래서 로즈는 뭐라 그랬어요?"

"너무 갑작스러워서…… 생각해 보겠다고만 했어요."

"미친 영감! 딸 같은 여자를 데리고 뭐하는 거야. 아버지와 결혼한다면 로즈도 미친 여자야."

에릭이 흥분했다. 여태껏 흥분하는 에릭의 모습을 한 번도 본 적 없는 유미는 속으로 웃음이 나왔다. 부자지간에도 수컷의 본능은 어쩔 수 없구나.

"아버지에게 속으면 안 돼요. 아버지는 결혼 생활을 잘해 나갈 사람이 못 돼요. 우리 엄마도 처음엔 그렇게 사랑했지만 8년 만에 끝이 났어요. 난 그 결혼 반대예요."

에릭이 단호하게 말했다. 유미가 물었다.

"왜죠? 에릭이 뭔데 반대하는 거죠?"

"그건, 그건…… 로즈가 행복하지 않을 테니까."

"그래요. 저는 행복하고 싶어요."

유미가 에릭을 바라보며 말했다.

"로즈가 새엄마가 된다면 난 앞으로 로즈를 보지 않을 거예요."

에릭의 눈빛이 묘하게 반짝였다.

"다만, 그래도 아버지와 결혼한다면…… 우리, 약속합시다."

"무슨 약속? 그리고 난 아직 아무것도 결정한 게 없어요."

"그래요. 그럼 그건 나중에……."

에릭이 머뭇거렸다. 유미가 샴페인 잔을 들며 살짝 웃었다. 취기가 서서히 퍼지는 게 느껴졌다. 에릭도 얼굴이 분홍빛으로 변했다.

"당신 얼굴이 지금 붉은 장미꽃 같아요. 당신, 그 늙은 영감탱이에게 가긴 너무 아까운 여자인데."

에릭이 감정 표현을 절제하며 더 이상 말이 없자 유미가 살짝 낚싯대를 흔들듯 여운을 주는 말을 흘렸다.

"그래요. 인생이 돈이 다가 아니죠. 난 살아 있는, 이 행복한 순간들을 즐기며 살고 싶어요."

"로즈, 좀 취한 거 같은데, 들어가 쉬는 건 어때요?"

에릭이 속삭였다. 그때 누군가 현관문을 열고 들어왔다. 에릭보다는 좀 나이 들어 보이는 수염이 덥수룩하고 건장한 남자였다.

"아! 윌리엄, 이리 와. 여긴 내 사업 파트너인 로즈야."

윌리엄이란 남자가 다가와 두툼한 손을 유미에게 내밀어 악수를 청했다.

"윌리엄입니다."

"로즈예요. 이 시간에 손님이 오실 줄은 몰랐네요, 에릭."

에릭과 둘이 밤을 보내는가 생각했던 유미가 에릭을 보며 말했다.

윌리엄이 어깨를 으쓱하자 에릭이 말했다.

"뭐, 셋이 밤새도록 마셔도 되고."

"아냐. 나 내일 중요한 미팅이 있어서 자료를 좀 정리해야 해."

윌리엄이 고개를 저었다.

"그래? 그럼, 로즈 이리 와요. 오늘 잘 방으로 안내해 줄게요."

에릭이 유미를 어느 방으로 안내해 주었다. 심플하게 꾸민 손님 방인 것 같았다. 유미가 화장실에 다녀오려고 나갔다가 방으로 다시 돌아가려는데 어느 방인지 잘 분간이 가지 않았다. 거실에는 미등만 켜 있고 아무도 없었다. 어느 방문을 살짝 열었다. 그러다 유미는 숨이 멎을 듯 놀랐다.

더블 침대가 놓인 넓은 방에서 두 남자가 옷을 입은 채로 누워 있었다. 그런데 두 남자는 얽혀 있었다. 윌리엄과 에릭이 키스를 나누고 있는 모습을 보고 유미는 처음엔 두어 번 눈을 깜박였다. 취하니까 헛것이 다 보이네. 하지만 그게 헛것이 아니란 걸 알고 유미는 황급히 물러났다.

방으로 돌아온 유미가 잠시 혼란에 빠져 있을 때 노크 소리가 들렸다. 에릭이었다.

"놀랐다면 미안해요."

유미는 그제야 모든 게 이해가 되었다. 그동안 에릭이 다른 남자들과 달리 끈적거리지 않고 그토록 쿨할 수 있었던 이유를. 하지만 왜 그런 눈치를 못 챘을까. 그저 남자들이라면 다 자신에게 껄떡대리라고 생각한 자신감에 한 방 된통 먹은 자괴감 때문에 유미는 화가 났다. 그야말로 쪽팔려서 온몸의 피가 솟구친 듯 얼굴이 달아올랐다.

"오늘 저를 초대한 게, 그러니까……."

"사실 당신에게 좀 끌리기도 했어요. 하지만 윌리엄과 난 5년째 부부처럼 살아오고 있어요. 서로 미묘한 줄다리기할 거 없이 사업 파트너로 쿨하게 만나는 게 더 효율적이란 생각이 들었어요. 어쨌든 난 당신을 도와주고 싶어요. 물론 대가는 합리적으로 계산하셔야겠죠."

"그럼 왜 내가 아버지와 결혼하는 걸 그토록 반대하는 거죠?"

"그건 어떤 여자가 되었건, 아버지와 법적으로 맺어지는 여자는 싫으니까."

자신이 다니엘의 아내로 법적 상속인 신분이 되는 걸 에릭이 꺼린다는 것을 깨달았다.

"역시 돈 문제군요."

"그래요. 난 돈이 좋아요. 돈, 정직하잖아요? 복잡하지 않고 정확하고."

에릭이 씽긋 웃었다.

"다만 당신이 아버지의 법적인 아내가 된다면 나와 협상을 좀 합시다. 우리, 어차피 길게 갈 사업 파트너라면 서로 좋은 게 좋은 거죠. 안 그래요?"

"무슨 협상요? 상속 지분의 문제인가요?"

"역시 당신은 머리가 좀 돌아가는 거 같아. 만약 아버지와 결혼을 결심하게 된다면 내게 먼저 알려 줘요. 무엇보다 당신, 사업상 날 무시하진 못할 테죠?"

유미는 교묘하지만 계산적인 에릭의 말에 마땅히 공격해 줄 말을 찾지 못해서 한국말로 조용히 내뱉었다.

"재수 없어."

"뭐라고요?"

"글쎄요. 그런데 제가 돈의 노예가 아니라면 어쩌죠?"

유미가 의미심장하게 말하자 유미를 빤히 바라보던 에릭이 어깨를 으쓱하더니 잘 자라며 인사를 하고 나갔다. 그가 나가자 유미는 침대에 머리를 박았다. 매끈한 신사의 얼굴 뒤에 숨은 냉혈한 게이 사업가의 본색을 지금에야 발견하다니. 크레바스 같은 자신 안의 빈틈에 유미는 실소를 터뜨렸다. 하지만 어쩌면 잘된 일이다. 유혹의 전장에서 기운 뺄 일 없이 돈의 논리에 따라서만 일할 수 있다면 그게 더 프로다운 거 아닌가? 그래. 눈에는 눈, 이에는 이, 돈에는 돈이다. 하지만 세상일이 그렇게 간단하면 얼마나 좋겠는가. 옷도 벗지 않고 침대에 누운 유미의 눈꼬리에서 갑자기 눈물이 흘러내렸다.

인규 일을 생각하면 아직도 꿈을 꾸고 있는 것 같다. 남들 앞에서는 슬퍼하지도 못하고 억지로 마음을 추스르고 있지만, 혼자 있을 때면 가슴에 납을 달고 있는 것처럼 무거워 숨을 쉴 수가 없었다.

인규의 문자를 받고 공항에서 양평으로 달려갔던 날, 그날은 인규 생사에 대한 어떤 단서도 찾지 못했다. 다음 날 잠수부를 동원해 일대를 뒤져 보자는 이야기를 마친 후 모두들 귀가했다. 그날 밤, 유미는 베네치아에서 인규와 곤돌라를 타고 있는 꿈을 꾸었다.

인규는 유미와 함께 있다는 게 행복하다고 속삭였다. 그러며 「돌아오라 소렌토로」를 불렀다. 두 사람은 곤돌라를 타고 베네치아의 수중 가옥들 사이로 미끄러지며 나아갔다. 유미는 인규 씨, 살아 있어서 다행이야, 라고 말했다. 베네치아의 햇빛이 운하 같은 바닷물 위로 어른거렸다. 그런데 늘어진 테이프처럼 "돌아오라"가 계속 느리게 반복되고 있을 때 언뜻 휴대폰 벨 소리를 들었다. 휴대폰을 귀에 대니 지완의 떨리는 목소리가 꿈결처럼 들려왔다. 인규 씨의 익사체를 강에서 건져 올렸어.

인규의 자살로 지완은 생각보다 큰 충격에 빠져 내내 울었지만, 유미는 그 앞에서 울지도 못했다. 결국 인규를 죽음으로 내몬 게 자신이라는 자책에 남몰래 몸을 떨 수밖에 없었다. 하지만 산다는 건, 누구나 다 익사의 운명에 처해 있는 것 아닐까? 유미 또한 도도한 강물처럼 멈추지 않고 흘러가는 자신만의 인생에 빠져 죽지 않기 위해 부단히 헤엄칠 수밖에 없었다. 인규의 장례식을 마치고는 사업 진행상 파리로 날아가야만 했다. 다만 유미가 남몰래 할 수 있었던 일은 정효 스님을 찾아가 인규의 영혼을 좋은 곳으로 인도해 달라고 사십구재를 부탁한 것이 다였다. 정효를 만나서 유미는 참았던 통곡을 쏟아내었다.

에릭의 집에서 잔 다음 날, 유미는 경매가가 너무 높게 올라간 데미안 허스트의 작품을 포기했다. 대신에 에릭의 소개로 데미안과 통화하여 그에게서 다른 작품을 적정가에 주겠다는 약속을 받아냈다. 유미가 원하는 대로 일은 무리 없이 착착 진행되고 있었지만, 유미는 내내 우울했다.

파리에 도착하자 유미는 다니엘의 집으로 가는 대신에 이유진의 아파트로 갔다. 왠지 마음이 자꾸 그쪽으로 향했다. 유진은 집에 있었다. 현관에 서 있는 유미를 보자 유진은 말없이 휠체어를 옆으로 이동해서 유미를 들어오게 했다. 집 안에 이자벨은 보이지 않았다. 소파에 앉으라고 권한 유진은 휠체어를 굴려 부엌의 낮은 탁자로 가서 커피를 만들어 왔다. 언제나 그랬듯이 솜씨 좋은 유진의 커피를 마시자 유미의 눈이 촉촉해졌다.

"커피 맛있다, 옛날처럼."

"그래, 옛날처럼. 돌아갈 수 없는."

"돌아갈 수 없는……."

유미가 유진의 말을 따라 했다.

"오빠, 다시 돌릴 수 있다면 어디쯤으로 돌리고 싶어?"

"글쎄, 너를 만나기 전으로……?"

"그래. 우리, 악연이지?"

"넌?"

"난 출생 전으로 돌아가고 싶어. 태어나질 말았어야 했어. 처음부터 거미줄에 걸려서 허우적대며 살 바에는. 나를 옭아매고 있는 운명이란 것이 이제는 무서워."

유진이 어두운 안경 너머로 유미를 바라보다가 무겁게 입을 열었다.

"사촌 동생한테서 전화 받았다. 힘들겠구나."

인규의 얘기라는 걸 알자 유미의 눈에 이슬처럼 맺혔던 눈물이 구슬처럼 흘러내렸다.

"그 사람, 오빠가 살아 있다는 걸 알았다면 그렇게 죽진 않았을 텐데…… 내가 죽어야 하는데."

"자책하지 마라."

"오빠의 사랑이 식은 줄 알고 그 사람을 이용했던 것도 나고, 오빠 사건에 끼어들게 만들어 결국 그 사람을 죽게 만든 것도 나고. 그 사람, 내가 오빠를 죽이고 나서 두려움과 공황 상태에 빠져 한없이 울던 내 눈물을 닦아 주던 사람이었는데. 난 그 일을 겪고, 살인의 피를 묻히고 나서 오히려 더 강하고 대담하게 살자고 이를 악물었어. 하지만 이제 왠지 삶의 전의를 다 잃은 느낌이야."

"그 사람 일은 정말 안됐어."

"그 사람 그렇게 되니까 속이 시원해?"

유미가 눈을 들어 원망의 빛을 담아 물었다.

"차라리 그 사람 대신에 내게 테러를 하지 그랬어."

유진이 한숨을 쉬었다.

"그건, 지금에 와서는 미안한 일이지만, 우리 모두 포식자의 거미줄에 걸려든 작고 힘없는 곤충이 아닐까 싶다. 이제 누굴 원망하고 또 누굴 용서하고 하겠니. 나야말로 그때 죽었어야 하는데. 그러면 그때 깨끗하게 끝났을 텐데."

유미가 고개를 저으며 소리쳤다.

"그런 소리 하지 마! 살아! 살라고! 이유진, 넌 한 사람의 목숨을 담보로 다시 태어난 거야. 보란 듯이 예술가로 끝까지 살란 말이야. 이제부터 이유진이 파리 목숨처럼 의미 없이 살면 내가 정말, 너 죽여 버릴 거야."

입에서는 앙칼진 말이 나오는데 눈에서는 눈물이 하염없이 흘러내렸다. 유진이 휠체어를 당겨 유미의 머리를 감싸 안았다. 유진이 유미의 눈물을 닦아 주었다. 한때는 고통에 겨워 남몰래 흘리던 눈물을 인규가 닦아 주었다. 이제 유진이 유미의 눈물을 닦아 주고 있다. 이 무슨 잔인한 생의 아이러니인가. 유미는 유진의 힘없는 무릎에 고개를 묻었다.

"사진을 계속 찍어, 오빠. 이제부터 삶의 이유를, 목표를, 예술에서 찾아. 내가 오빠를 살릴 거야. 이제부터 내가 오빠를 키울 거야."

고개를 든 유미가 눈물을 훔치고 유진에게 말했다.

"나 이제부터 안 울 거야. 이게 마지막 눈물이야. 마지막 눈물을 왠지 오빠에게 뿌려 대고 싶었어. 그리고 약속해 줘. 다시 일어서겠다고."

유진은 아무 말 없이 유미를 오래도록 바라보았다. 고개를 끄덕이진 않았지만 희미하게 웃었다. 그렇게 유진의 집을 나오자 어느새 짙고 푸른 여름밤의 기운이 대기에 스며들고 있었다. 이 밤은 내일 새벽 또 다른 새날을 잉태할 것이다. 유미는 애써 마음을 진정하고 다시 새날의 삶을 향해 한 걸음 내디뎌야 한다고 생각했다.

다니엘과 며칠 지내는 동안 유미는 그와의 결혼에 대해 고민했다. 아버지뻘의 화랑 재벌인 그와의 결혼은 유미에게 귀한 그림들과 막대한 부를 안겨 줄 것이다. 유 의원이 생부인 줄 믿고 있다가 아니라는 판정이 나자 유미는 허탈했다. 그동안 가슴속에 묻어 두기만 했던 아버지에 대한 목마름은 이상하게 외로움을 더 자극했다. 꿩 대신 닭이라고, 미친 척하고 다니엘을 아버지처럼 생각하고 결혼할까? 그러나 결혼이 돈 많은 아버지와 하는 건 아니지 않은가. 문제는 결혼을 하면, 다니엘은 유미가 철저히 자신의 여자이길 원한다는 것이다. 그리고 더 큰 문제는 유미에겐 다니엘이 남자로 느껴지지 않는다는 것이다.

"결혼의 조건이 뭐죠?"

"내가 눈감을 때까지 내 곁에 그림자처럼 붙어 있어야 해. 계약 연애 때처럼 그런 사랑의 모험이나 장난 같은 건 용납 못 해."

"난 한국에서 화랑 사업을 시작했잖아요. 아시잖아요."

"물론 다 접고 여기 와야지. 여기서 나와 함께해야 해. 돈 때문이라면, 집에서 나만 기다리며 놀아도 거기서 그림 파는 거보다는 훨씬 더 줄 수 있어."

"나 돈 무지 좋아해요. 하지만 내게 자유와 사랑이 없다면 그저 황금 감옥에 갇힌 돼지일 뿐이에요. 다니엘, 이번에 계약 연장하고 결혼은 좀 더 나중에 하면 안 될까요? 내가 원하던 사업을 겨우 시작해 놓고 그만둘 수는 없어요."

"일이 그렇게 좋아? 로즈는 참 특별한 여자야. 종이 장미 같은 여자들과는 다른, 야생 장미 같은 여자야. 하긴 그런 로즈의 생명력과 열정을 내가 좋아하긴 하지만."

"다니엘은 정말 좋은 사람이고, 내게는 아빠고 연인이고 또 아들이에요. 하지만 결혼은 아무래도 내게는 구속이에요. 그리고 내 나라를 등지고 평생 여기 살 수 있을지 그것도 좀 생각을……."

유미의 말에 다니엘은 더욱더 안달이 난 얼굴이었다.

"왠지 자꾸 조바심이 나. 로즈를 이번에 꼭 붙잡지 않으면 놓쳐버릴 거 같아."

"무슨 어리석은 소리예요, 다니엘? 다니엘이 없으면 나는 배터리 없는 휴대폰이나 마찬가지예요. 다니엘은 내 삶의 원동력이에요. 계속 날 충전해 줘요."

유미가 휴대폰을 들어 보이며 말했다.

"그래, 알았어. 사랑엔 국경도 없고 나이도 없지만 마음만은 서로 통해야겠지. 일단 로즈의 의견을 존중해 주겠어."

"고마워요. 우선 사업을 궤도에 올려놓게 지원을 좀 팍팍 해 주
셔야 해요."

유미가 다니엘의 목을 껴안자 다니엘이 허허, 하고 웃었다.

"왜 그렇게 힘들게 사업을 하려는 거지?"

"당신은 몰라요. 당신처럼 태생이 부자인 사람은."

유미는 고개를 저으며 다니엘에게 말했다.

다니엘에게 선물 받은 그림들과 그동안 커미션으로 받은 돈을
가지고 투자한 그림들만 챙겨도 유미는 단기간에 큰돈을 번 셈이
다. 한국에 돌아가 그 그림들을 우주갤러리에서 팔면 서너 배의 이
윤은 남을 것이다. 아니, 열 배의 이익을 남길 그림들도 있다. 다니
엘이 거저나 다름없이 염가로 판매한 그림들도 꽤 많았다. 다니엘
화랑의 초특급 그림들을 서울 화랑에서 전시하고 팔게 되면 그 이
익 또한 어마어마할 것이다. 게다가 그림값은 고무줄이며 돈세탁이
가능한 품목이라 재벌들과 할 만한 사업이다. 유미는 이미 서울에
서 재벌 그룹들의 구매 의사를 물밑에서 타진해 보았다. 이제 서울
로 돌아가 화랑 오픈을 할 날만 정하면 되었다. 북 치고 장구 치고
요란하게 홍보하지 않으려 한다. 다만 내실 있고 실속 있는 알토란
같은 사업으로 단기간에 미술계를 장악하는 게 유미의 목표라면
목표다.

"로즈가 곧 서울로 떠난다고 생각하니까 벌써부터 살맛이 안
나네."

"일단 오픈해 놓으면 실무자들에게 좀 맡기고 제가 이곳에 와서

당분간 당신과 함께 지낼 수도 있어요. 하지만 지금은 아주 중요한 시기라서…… 이해해 줘요. 대신에 개관식 할 때는 꼭 오셔야 해요."

"물론 당연히. 나도 여기 화랑 일 때문에 자리를 오래 비울 수는 없지만, 지금은 안 갈래. 내가 서울에 가서 로즈 옆에 붙어 있어 봤자 찬밥 신세가 될 거 같아. "

"당연하죠."

유미가 다니엘을 놀리듯 말하자 다니엘은 약 오른 어린애처럼 얼굴이 발개졌다. 나이만 많다 뿐이지, 이 남자는 사육이 가능한 어린 말 같다. 상황에 따라 당근과 채찍을 잘만 쓰면. 약을 올리는 김에 유미는 슬쩍 화제를 에릭에게로 돌렸다.

"에릭이 우리 결혼을 반대한다면 어쩌실래요?"

다니엘이 그 말에 발끈했다.

"그놈이 반대한대? 자기가 뭔데!"

"내가 당신과 결혼하는 게 싫대요."

"왜?"

"그야 모르죠. 에릭이 말하는 표정이 좀 묘하긴 했어요."

"그 자식이 당신한테 마음이 있는 거야."

다니엘이 확신에 찬 어조로 말했다. 다니엘은 에릭이 게이인 줄은 모르나 보다.

"젊은 남자니까 그럴 수 있죠."

"당신도 끌려?"

"에릭은 누가 봐도 매력적이긴 하죠."

유미가 무심한 척 말하자 다니엘의 표정이 굳어졌다.

"하지만 전 단호해요. 에릭이 설사 유혹해 온다 해도 난 당신밖에 없어요. 동양 여자의 정절 아시죠? 제가 전에 춘향이라는 한국의 정절녀 얘기 해 줬죠?"

"그래, 온갖 유혹에도 목숨 걸고 맞서서 사랑을 지켜 낸 기생이라면서. 프랑스엔 그런 여자 없어. 그래서 정조 관념이 지극한 일본 여자와 한국 여자가 인기지."

"당신에 대한 제 마음을 그렇게 이해해 주면 돼요."

"고마워."

다니엘은 애정 결핍이 있는 남자라 이렇게 한번 자극해 놓으면 유미에게 그림으로 선물 공세를 하며 더 잘 보이고 싶어 했다. 다니엘이라는 물주를 끼고, 에릭과 협업을 하고, 베르나르를 이용하면 크게 겁날 일은 없다. 서울로 돌아가기 전에 베르나르를 한번 만나야 할까를 고민했지만, 만나지 않기로 했다. 당분간 그와 거래할 일은 없기 때문이다.

그런데 박용준에게서 놀라운 전화가 왔다. 윤동진이 파리로 출장을 갔는데 그동안 그림 구매를 도와준 로즈라는 여자가 누구인지 꼭 만나서 감사 인사를 전하고 싶다고 했다는 것이다. 연락처를 알려 달라고 해서 알려 주지 않을 수 없었으니 그리 알라고 했다.

유미는 용준에게 그가 어느 호텔에 묵고 있는지 물었다. 호텔 뒤 루브르에 예약이 되어 있다는 대답을 듣고 유미는 다니엘에게 당부했다.

"다니엘, 윤동진이라는 YB그룹 회장의 아들이 파리에 왔다는데, 혹시 로즈에 대해 물으면 잘 모른다고 하세요."

"로즈가 그곳 미술관에서 일했다 그랬잖아?"

"그랬죠. 하지만 지금 제가 갤러리 사업을 시작하는 마당에 경쟁 업체나 마찬가지니까요. 별로 만나고 싶지 않아요. 그쪽과 현재로 선 큰 거래도 끝난 시점이니까."

"사실 로즈가 중간에서 구매를 도운 일인데 잘 모른다 그러면 말 이 안 되지."

"공식적으로는 다니엘 화랑과의 사업이었는데요, 뭘. 그럼 아직 은 누구인지 밝히고 싶지 않다고 하세요. 나중에 우리가 결혼이라 도 하게 되면 다 알려질 일이니까 지금은 비밀에 부치고 싶어요. 서 프라이즈 게임, 재밌잖아요. 그리고 결혼 전에 이런 일들이 알려지 면 괜한 오해를 부르고 스캔들에 휘말릴 수 있어요. 한국은 일단 인터넷에 그런 스캔들이 올라오면 상어 떼 같은 네티즌들 때문에 금세 뼈만 남거든요. 난 내 사업 시작도 하기 전에 김빠지는 거 싫 어요. 당분간은 무조건 비밀 지켜 줘야 해요."

다니엘이 선선히 고개를 끄덕였다.

아니나 다를까? 다니엘이 화랑에서 전화를 해 왔다.

"그 친구, 감사의 뜻으로 저녁 식사에 초대한다고 로즈와 함께 만나고 싶다고 하더군. 그래서 지금은 바쁘니까 조만간 한국에 가 게 되면 만나자고 했지."

"잘하셨어요, 다니엘."

그러나 저녁 무렵에 윤동진으로부터 전화가 왔다. 그는 유창한 영어로 정중하게 자신을 소개했다. 아마도 로즈를 프랑스 여자로 알고 있기 때문일 것이다.

"제가 파리에 출장 왔습니다. 저희 미술관을 도와주셔서 꼭 뵙고 싶은데 많이 바쁘시지요?"

유미는 오랜만에 듣는 윤동진의 목소리에 살짝 긴장되었지만 침착하게 영어로 말했다.

"아, 제 영어가 그리 유창하지 않아서 죄송합니다."

"그런데 저는 프랑스어를 못해서, 이거 죄송합니다. 그동안 감사했습니다. 메르시……."

"별말씀을요. 저도 무척 뵙고 싶은데…… 요즘 좀 바빠서요."

"그러시리라 짐작은 했습니다만, 혹시라도 뵐 수 있을까 싶은 마음에 전화를 드렸어요. 저는 일 끝나면 저녁 시간대에는 한가합니다. 호텔 뒤 루브르에 머물고 있습니다. 일주일 정도 있을 예정인데, 한가하실 때 언제든 들러 주시면 영광이겠습니다. 식사나 차나 와인이나 다 좋습니다."

"그래요? 알겠습니다. 노력해 보죠. 감사합니다."

"윤조미술관에서 이번에 해외 유명 작가의 작품으로 조만간 대대적인 전시회를 엽니다."

"실무자인 무슈 박에게서 들었습니다."

"다니엘 씨가 조만간 서울에 오신다는데 저희 미술관에서 로즈 씨도 함께 초청하겠습니다. 꼭 오시면 좋겠습니다."

"실무자에게 초청장을 보내라고 해 주세요."

"물론 그러죠. 그런데 꼭 한 번 뵙고 싶습니다. 파리에서든 서울에서든. 필요하면 제 개인 연락처를 드리겠습니다."

"제가 좀 바쁘니 휴대폰 번호를 문자로 보내 주세요. 파리에서든 서울에서든, 필요하면 제가 연락을 드리겠습니다."

"제가 꼭 필요하길 바랍니다."

서로 정중하게 사업적인 대화만 나누다 전화를 끊었다. 제가 꼭 필요하길 바랍니다. 마지막으로 윤동진이 남긴 그 말을 되새기며 유미는 픽 웃었다. 휴대폰 번호를 주며 제가 필요하길 바랍니다란 말을 남기는 윤동진의 심사는 무엇일까. 목소리에서 허전함이 느껴졌다면 유미의 착각일까? 아들을 얻었다고는 하지만 강애리와의 결혼 생활에서 성적으로 만족감을 제대로 못 느끼며 살았을 테지. 그마저도 강애리의 임신으로 오래 굶주렸을 남자의 우아한 SOS?

유미는 윤동진의 근황과 모습이 궁금했지만 다음 날 바로 비행기 티켓을 끊어 서울로 날아갔다. 우주갤러리 오픈을 윤조미술관의 「해외 거장전」 바로 전날에 앞당겨 하기 위해서였다.

"아니, 갑자기 왜 그렇게 서둘러?"

우승주가 갑작스러운 유미의 결정에 놀라 물었다.

"마음이 갑자기 변했어. 내가 프랑스로 날아가서 속전속결로 일 처리했는데 안 될 것도 없잖아?"

"하긴 오너 마음이지. 나야 서두르다 실수할까 봐 그러지, 뭐."

"작은 실수보다 더 중요한 건 큰 실속이야."

유미는 윤조미술관보다 더 비싸고 멋진 작품을 대관하여 일단 선제공격을 감행할 것이다. 재벌 미술관이 아닌 일개 개인 갤러리가 데미안 허스트나 제프 쿤스, 프랜시스 베이컨 같은 화가의 작품을 전시하는 것 자체가 미술계에선 일대 사건일 것이다. 게다가 세계적인 걸물 데미안 허스트로부터 에릭과 함께 서울에 오겠다는 언질을 받아 놓았다. 그가 한국의 보신탕 문화에 충격을 받아 개를 잡는 일련의 과정을 작품으로 만들고 싶다는 의욕을 보인다고 했다. 언론이 나서서 대서특필할 특종감이다.

정신없이 일에 몰두하는 동안 며칠이 지났다. 휴대폰 화면에 낯선 전화번호가 떴다. 받지 않을까 하다가 전화를 받았다.

"아이고, 이제야 전화를 받으시네."

"누구…… 시죠?"

"나, 병원의 유 영감님 간병인이에요."

"그런데요? 그분한테 무슨 일이라도?"

"자꾸 나보고 전화를 좀 하라고 하셔서……."

"제게요?"

"왜 아니에요. 오늘낼 시간 되면 병원에 좀 들르시라고요. 하실 말씀이 있으신가 봐요."

"어머, 이제 말씀을 하세요?"

"아니, 손에 힘이 좀 나는지 볼펜 들고 수첩에다 겨우 쓰시지. 언제 오시려우?"

유 의원이 간절하게 유미를 보고 싶어 하는 이유가 뭔지 궁금해서 유미는 얼른 대답했다.

"갈게요. 그런데 오늘은 급한 일을 마저 해야 해서, 내일 아침 어떨까 모르겠네요."

"영감님! 낼 아침 어떠세요? 잠깐 기다려요. 수첩에 뭐라 지렁이처럼 쓰시네. 이게 뭐야? 빨리 오래요."

"알겠어요. 지금 갈게요."

유미는 하던 일을 멈추고 유 의원이 입원한 병실로 달려갔다. 유 의원과 속 시원히 소통할 날을 기다려 왔지만 현실은 그런 바람과는 점점 멀어졌다. 유 의원의 상태가 더 이상 말을 할 수 없는 상태였고, 또 친부가 아니라는 검사 결과 때문에 그를 향한 관심이 줄어든 것도 사실이다. 하지만 그를 만나면 무언가 새로운 실마리가 잡힐 것도 같다.

병실에 도착하니 유 의원의 얼굴에 반가움이 묻어났다. 유 의원은 간병인을 내보냈다. 그가 성한 오른손을 들어 유미의 손을 잡았다. 유미가 두 손으로 맞잡자 그의 눈빛에 심한 동요가 떠올랐다.

"아버님……."

유미가 늘 부르던 대로 유 의원을 부르자 그가 고개를 끄덕였다. 그리고 손을 빼내 머리맡을 가리켰다. 머리맡 테이블 위에는 공책과 볼펜이 있었다. 유미가 그것을 건네주자 그가 볼펜을 들고 떨리는 글씨로 공책에 뭐라고 썼다. 크고 기운 없는 필체는 예전의 그가 보낸 편지의 호방한 필체와는 너무도 달랐다. 주의를 기울이지 않으면 의미를 잘 알 수 없었다.

마지막.

아마 이 만남이 마지막이란 뜻일까?

"안 돼요. 아버님은 다시 일어서야 해요. 제가 너무도 힘들고 죽고 싶을 때 저를 다시 세워 일으킨 분이 아버님 맞지요? 맞으면 고개를 끄덕이세요."

유미는 힘겹게 볼펜을 놀리는 그를 위해 숨을 고르고 질문을 했다. 유 의원이 천천히 고개를 끄덕였다.

"제 프랑스 유학을 도운 키다리 아저씨가 맞죠?"

그가 고개를 끄덕였다.

"제가 아직 아버님께 은혜를 갚지도 못했는데, 다시 일어나셔야 해요."

그러자 그가 고개를 저었다. 그리고 볼펜을 들어 떨리는 손으로 힘겹게 써 내려갔다.

나를 용서해라.

유미를 바라보는 그의 눈에 물기가 차올랐다.

"무슨 소리예요? 아버님은 제 은인인데."

그러자 그의 눈에서 드디어 눈물이 흘렀다. 그가 다시 볼펜을 들었다.

나를 이해해 주길.

그가 손을 들어 유미의 얼굴을 쓰다듬으며 손을 꼭 잡았다. 그가 뭐라고 입을 열어 소리를 냈지만 벙어리처럼 버벅대기만 했다. 그가 무슨 말을 하고 싶어 하는 것 같았다. 유미가 다시 그에게 공책을 내밀었다.

내 딸.

네 엄마 진심 사랑.

자살 ✕

두서없이 내갈겨 쓴 글씨로 미뤄 보건대 유 의원은 엄마를 진심으로 사랑했으며 유미를 친딸로 알고 있는 것 같았다. 그리고 엄마의 죽음에 의혹을 가지고 있는 것 같았다. 유미는 그의 말에 어떻게 반응을 해야 할지 알 수 없었다. 다만 궁금한 걸 물어볼 수밖에.

"자살이 아니라면 누구 짓이죠?"

그가 다시 연필을 잡더니 공책에 무언가 숫자를 적어 나갔다. 휴대폰 번호 같기도 했다. 그리고 모르는 이름 하나를 덧붙였다.

김경훈.

유 의원은 감정이 격해지는지 유미를 껴안고 이상한 소리로 오열했다. 그러다 온몸의 진이 다 빠졌는지 갑자기 침대에 힘없이 무너졌다.

유미는 유 의원이 적어 준 대로 김경훈이라는 남자에게 전화를 걸었다. 오유미라고 소개하자 알고 있다고 말했다. 목소리가 신중하고 중후했다.

"기다리고 있었습니다. 유 의원님이 전해 주라고 부탁한 게 있습니다."

"그게 뭐죠?"

"전화로는 곤란합니다."

유미는 그를 만나 보기로 했다.

신중한 인상의 60대 남자는 자신이 유 의원의 오래된 변호사라고 소개했다.

"쓰러지시기 전에 유언장을 작성하시면서 비밀리에 제게 부탁하신 일이 있습니다. 의원님이 사망하시면 유언장은 가족에게 공개하겠지만, 이 일은 반드시 따로 처리하라는 당부가 있었습니다. 대외적으로는 물론 가족에게도 비밀로 하고, 오유미라는 분에게 상속과는 별도로 의원님이 보유하고 계셨던 소정의 현금을 은밀히 전달하라는 당부셨습니다."

"약간의 현금요?"

"예, 절차를 거쳐 곧 전달하도록 하겠습니다."

유미는 잠시 멍했다. 유 의원이 자신을 친딸이라고 생각하는 게 분명했다. 하지만 뭐라고 토를 달기도 이상했다. 유 의원에게 진실을 말해야 하는 걸까? 머릿속에 두서없는 생각이 왔다 갔다 하는데 그 남자가 가방에서 무언가를 꺼냈다. 봉인된 커다란 봉투였다.

"뭐죠?"

"유 의원님 말씀이, 당신이 돌아가시면 모든 것을 전달하라고 하셨는데, 지난번 병문안 가서 뵈니까 오유미란 분이 연락하면 미리 실행해도 좋다고 하셨습니다. 아마도 여생이 얼마 남지 않았다고 생각하시고 마음이 바뀌신 것 같더군요. 사실 조만간 연락이 올 거라 생각하고 기다렸습니다."

"이게 뭔가요? 무슨 서류 같은데……?"

"그건 저도 모릅니다. 비밀 문서인지 개인적인 기록인지……."

"혹시 김 변호사님은 저에 대해서 잘 알고 계시나요?"

"무슨 말씀이시죠?"

"저와 유 의원님의 관계라든가 저의 주변이라든가……."

"그건 제가 개인적으로 언급할 만한 사안은 아니라고 생각합니다."

"잘 알겠습니다. 일단 이 문건은 제가 보고 필요 시에는 또 연락을 드리도록 하겠습니다."

"그러시죠."

"참, 유 의원님과는 얼마나 함께 일하셨나요?"

"한 20년 됩니다."

"알겠어요."

유미는 그와 헤어졌지만 봉인된 봉투를 바로 열지 못했다. 앞당긴 오픈 날짜 때문에 일이 밀려 마음이 급했지만 차분하게 그것을 열어 보고 싶었다. 퇴근하여 집에 돌아온 유미는 봉인된 큰 봉투를 열었다.

그 안에서 몇 개의 작은 봉투들이 나왔다. 어느 봉투를 여니 낡은 옛날 사진이 몇 장 나왔다. 백일 무렵의 어린 아기를 안고 있는 여자. 엄마와 어린 유미의 사진이었다. 돌상 앞에서 색동옷을 입고 있는 어린 유미의 사진도 있었다. 그리고 젊고 아리따운 여자의 사진이 나왔는데, 어린 처녀였던 엄마의 얼굴이란 걸 유미도 알 수 있었다. 평생 유 의원이 간직해 온 사진이라는 생각이 들었다.

또 다른 봉투에는 엄마의 필체로 생각되는 엽서와 편지가 들어 있었다. 그리고 나머지 봉투에는 유 의원의 자필 편지가 들어 있었다. 유미는 떨리는 손으로 무엇부터 집어서 읽을까 잠시 고민했다. 유 의원의 자필 편지를 먼저 읽어 보기로 했다. 놀랍게도 서두에 "나의 딸에게"라고 적힌 편지, 그리고 "나의 인숙에게"라고 적힌 편지가 각각 한 통씩이었다. 예전의 호방한 글씨체는 변함없지만 손이 떨려서인지, 글씨도 나이를 먹어서인지 획이 흔들리고 흩어진 느낌이다.

유미는 혼란스러운 마음을 가라앉히고 "나의 딸에게"로 시작하는 편지를 읽기 시작했다. 편지는 올봄에 쓰인 것이었다. 편지는 이렇게 시작되고 있었다.

나의 딸에게

이 편지를 쓰면서 많이 망설이고 있단다. 지완이에게 물으니 네가 기약 없이 프랑스로 건너갔다고 하더구나. 우리가 언제 다시 만나게 될지…… 알 수가 없어 안타깝구나. 나는 이제 여생이 얼마 남지 않았다는 생각이 든다. 내가 만약 살아서 너를 만난다면 마지막으로 "내 딸 유미야."라고 부르며 꼭 안아 주고 싶구나. 만약 네가 나를 만나러 왔을 때 내가 이 세상에 없다면 대신 이 편지를 전해 주며 용서를 빌고 싶구나.

한평생 너를 잊은 적이 없었다. 아비를 아비라 못 부르고 딸을 딸이라 부르지 못한 세월의 한을 다 얘기할 수는 없지만 나를 용서하거라. 네 엄마와 너의 존재를 그늘에 숨겨 두고 한평생 마음이 편치만은 않았다. 네가 지완이와 같은 대학에 입학했다는 소식을 듣고 너를 처음으로 보던 날, 나는 잠을 이루지 못했다. 입학식 날, 자의 반 타의 반 이상한 방식으로 만나긴 했지만 그날 네게 고백을 하고 싶다는 충동에 사로잡혔다. 하지만 그럴 수 없었다.

그런데 무슨 운명의 장난인지, 어느 날 지완이가 친한 친구라며 집으로 너를 데려왔을 때의 놀라움을 어떻게 표현해야 할지 모르겠구나. 빛의 세계에 살고 있는 딸 지완과 어둠의 세계에 살고 있는 딸 유미. 나는 그저 조마조마하게 네 인생을 훔쳐볼 수밖에 없었다. 네가 불행한 결혼 생활에서 곧 벗어나는 듯하더니 더 큰 구렁텅이로 빠졌다는 걸 알게 되었을 때, 너를 그 어둠의 세계에서 건져 내고 싶었던 건 나의 아픈 양심이었다.

어쨌거나 네가 프랑스에서 소기의 목적을 달성하고 한국에 돌아와 새로운 인생을 시작했다는 걸 알게 되었을 때 난 흐뭇했었다. 가끔 널 보면서 아비로서의 보람을 처음으로 느꼈다. 그러나 또 다른 고뇌에 빠지게 되었지. 한동안 너를 용서할 수 없을 것 같았다.

유미는 여기까지 읽고 숨이 콱 막혔다. 아! 이럴 수가…… 그러니까 유 의원은 그 사실을 알고 있었던 것이다. 유미는 계속 읽었다.

네가 프랑스에서 계획적으로 인규를 유혹했다는 정황을 포착했다는 보고를 받았을 때부터였다. 지금은 지완이와 황인규의 인연이 끝난 상황이라 다행이지만 말이다. 어찌 생각하면 너를 지완이처럼 딸로 대하지 못한 나에 대한 하늘의 복수이자 운명적인 재앙이 아니었을까 생각한다.

유 의원은 황인규와 나의 관계를 어디까지 알고 있었을까? 아마도 얼마 전에 황인규가 자살했다는 건 모르고 있을 것이다. 지완이 몸져누워 말도 제대로 못 하는 아버지에게까지 그걸 이야기했을 리 없다. 그나마 다행이라고 유미는 가슴을 쓸어내렸다. 유미는 편지를 마저 읽었다.

　짐승도 제 새끼를 보호하는 법인데, 당시 맞물린 나의 정치적인 문제로 보나 신조로 보나 너의 존재를 감추고 살 수밖에 없었다. 인간으로서, 아니 출세 가도에 서 있는 남자로서의 사회생활, 그것도 1970년대에 정치적으로 살아남아야 하는 데는 부적절한 관계의, 힘없는 한 여자와 어린 생명이 도움은커녕 장애물이 될 수밖에 없었다. 이 모든 핑계도 면죄부가 될 수는 없겠지. 너의 출생에 얽힌 복잡한 상황은 언젠가 진실이 모두 밝혀지리라 생각한다. 내가 저지른 모종의 죄를 이제 깊이 후회한다. 너에게 그걸 모두 얘기해 주고 떠나가야 하건만…… 만약 내가 죽은 후 진실을 꼭 알고 싶다면 윤규섭을 만나거라. 그가 꾸민 일이 이렇게 비밀의 덫에서 한평생 빠져나오지 못하는 결과를 초래하다니.

　유미는 가슴이 뛰었다. 숲 속에서 이제 진실의 오솔길이 서서히 희미하게나마 보이는 듯했다. 어떤 음모가 거미줄처럼 엮여 애초부터 유미의 인생을 옭아매고 있었던 게 아닐까?
　편지를 보면 윤규섭이 무언가 꾸민 일로 인해 유 의원이 고통을 받았음이 분명하다. 아니면 유 의원이 자신의 죄에서 빠져나가는 방편으로 윤규섭을 몰아세운 것인지도 모르겠다. 하지만 조두식도 윤 회장이 나쁜 놈이라고 한 걸 보면 윤 회장이 분명 무슨 못된 짓을 한 거란 생각이 든다. 유미의 예감대로 자신의 출생 이면에 음모와 욕망의 거미줄이 얽혀 있는 게 분명한 것 같았다.

유미는 이번에는 엄마가 유 의원에게 보냈던 편지와 엽서를 읽었다. 서신을 읽으니 엄마는 유 의원을 사랑한 듯했다. 유 의원이 유미의 아빠라는 것을 기정사실화해서 편지를 썼다. 몇 통의 서신은 유미의 출생을 알리고 자라나는 유미의 모습을 묘사하고 있었다. 놀랍게도 유미의 대학 입학 사실을 알리는 편지도 발견되었다. 유 의원이 그 편지를 받고 일부러 입학식 날 유미의 집 근처에서 기다리다 교통사고를 가장해서 유미를 만났다는 것도 엄마의 편지를 통해 알 수 있었다. 그리고 유미의 결혼식을 알리는 엽서도 있었다. 그중에서 맨 마지막으로 보낸 편지는, 그러니까 엄마가 죽기 바로 며칠 전에 보낸 편지였다. 유미는 그 편지를 읽었다.

당신에게

그가 당신과 내가 계속 연을 이어 오고 있는 걸 눈치챈 거 같아요. 무언의 압박이 느껴져 옵니다. 혹시라도 무슨 일이 생기면 우리 유미를 잘 부탁해요. 유미에게는 정말 어미의 불행을 물려주고 싶지 않아요. 그 애만큼은 자기 인생의 주인공이 되게 하고 싶어요. 하지만 그 애의 삶도 왜 그렇게 진흙탕으로 흘러가는지…… 난 사실 삶을 이어 가는 게 정말 구차하다는 생각이 들어 무척 힘들어요. 하루에도 몇 번씩 삶을 놓고 싶은 생각이 들어요. 그래도 당신과 유미가 이 세상에 존재한다는 그 이유로 살아야겠다는 생각을 해 봅니다. 유미에게 나서지 못하는 당신을 이제는 다 이해합니다. 다만 불쌍한 우리 유미를 늘 곁에서 지켜 줘요.

유미는 엄마의 익숙한 필체를 보고 문득 그리움이 밀려왔다. 이 편지를 유 의원을 통해 10여 년 만에 읽게 되다니. 편지에서 엄마는 무언가에 쫓기고 있고 또한 삶에 체념하고 있었다. 그러다 다시 삶의 끈을 놓지 않겠다는 결연한 의지를 보이고 있다. 자신의 불행이 세습될까 봐 안타까워하는 모정이 느껴져 유미는 가슴이 먹먹했다. 그런데 편지 서두에 나오는 "그"는 도대체 누구인가? 윤 회장인가, 조두식인가, 제3의 인물인가?

유미는 갑자기 조두식에게 전화를 걸었다. 그러나 전원이 꺼져 있다는 멘트만 돌아왔다. 조두식이 무언가 진실의 한 부분을 알고 있지만 입을 다물고 있다는 생각이 들었다. 유미는 기억 속에서 조두식을 처음 만난 아득한 과거를 떠올렸다. 네 살 무렵이었던가? 어느 날 갑자기 먼바다에서 왔다며 바람처럼 그가 처음 나타났다. 그후 그는 간혹 나타나 잠깐씩 엄마와 함께 살았다. 자기를 보며 아빠라 부르라고 했지만 강요하는 것도 아니었고 엄마 또한 그의 말에 시큰둥했다. 아빠라고 불러야 돼? 어느 날 엄마에게 물었지만 엄마는 네 아빠 저런 사람 아니야. 훨씬 멋진 분이야, 라고 말했다.

유미는 조만간 윤 회장을 한번 만나 봐야겠다는 생각을 해 본다. 그가 유미를 애타게 찾으며 만나려 하는 날이 오기를 내심 회심의 미소를 지으며 기대했지만 어쩌면 계획을 바꿔야 할지도 모른다. 자신이 알게 모르게 YB가에 복수를 하고 있다는 걸 그들은 아직 모르겠지.

유 의원의 글에는 윤 회장을 원망하는 투가 다분히 배어 있었다. 도대체 윤 회장이 무슨 짓을 한 걸까? 지난해 유미와 윤동진의 결혼에 극력 반대할 때 자신이 겪었던 모욕이 생각났다. 그런데 과거에도 유미의 비극적인 탄생 설화에서 악역 주인공을 맡은 것이 어쩌면 윤 회장일지도 모른다. 여우 같은 늙은이. 악마 같은 늙은이. 유미는 몸을 떨었다.

*

우주갤러리가 드디어 성황리에 오픈했다. 개관식 때도 갤러리 대표로 우승주를 내세우고 유미는 전면에 나서지 않았다. 언론에도 그렇게 보도가 되었다. 하지만 실질적인 오너로서 유미는 실로 감개무량했다. 오랫동안 꿈꿔 왔던 자신의 사업체를 갖게 된 것이다. 게다가 겉만 그럴듯한 유한마담의 갤러리가 아니라 한국의 미술 시장을 움직일 세계적인 미술품을 실질적으로 거래할 수 있는 능력을 갖춘 갤러리다. 유미는 스스로 대견하여 자신의 등이라도 쓰다듬어 주고 싶었다. 오유미, 애썼어. 너 정말 장해. 엄마가 살아 있으면 내가 내 인생의 주인공이 된 모습을 보고 기뻐했을 텐데……. 불행하게 살다 간 엄마를 생각하면 가슴이 아파 왔다. 하지만 설희에게 좀 더 당당한 엄마로 비춰질 걸 생각하며 아픈 마음을 위로했다.

개관식은 겉치레 없이 조촐하게 치렀다. 실질적인 재벌가의 컬렉터들은 물밑에서 노는 걸 좋아하니 얼굴을 내밀지 않았다. 윤조미술관의 윤동진과 강애리에게는 초청장조차 보내지 않았다. 다만 다니엘과 에릭이 축하해 주러 프랑스와 영국에서 날아왔다. 몇몇 유명한 화가들도 초청했지만 그중 압권은 단연 데미안 허스트의 등장이었다. 에릭과의 친분으로 초청이 가능했는데, 물론 그를 유인한 아이디어는 유미의 머리로부터 나왔다. 모든 죽음에 관심을 가지는 데미안에게 한국의 식용 개 도살 과정에 관해 소개했던 것이다. 데미안은 즉각적으로 영감을 얻을 수 있을 것 같다며 한국에 오겠다고 했다. 그 덕분에 그의 유명한 작품「신의 사랑을 위하여」라는 다이아몬드 박힌 해골바가지를 깜짝 전시할 수 있게 되었다. 그가 해골바가지에 키스하는 익살스러운 사진이 언론에 대서특필되었다. 그것만으로도 대단한 홍보 효과였다. 과연 개관식 날부터 컬렉터들의 전화 문의가 쇄도했다.

유미는 개관식을 마치고 다니엘과 제주도 여행을 떠났다. 에릭과 데미안은 가이드를 따라 개 사육장과 지방의 개 시장, 보신탕집, 그리고 시골의 개 잡는 현장 등으로 향했다.

유미는 렌터카에 다니엘을 태워 서귀포 주변을 드라이브한 후 이른 저녁 식사를 하고 호텔 객실에 들었다.

"오오, 로즈! 제주는 정말 아름다운 섬이야."

객실의 거실 소파에서 바다를 바라보던 다니엘이 감탄했다.

"그래서 이 섬은 허니문으로 유명하죠."

"허니문이라……."

다니엘이 중얼거렸다.

유미는 바다로 창이 나 있는 전망 좋은 욕실의 욕조에 물을 받고 와인을 땄다.

"다니엘, 욕탕에서 바다를 바라보며 우리 한잔해요."

"아니, 벌써 씻고 자려고?"

"저녁 바다를 바라보며 다니엘과 오늘을 마감하고 싶어요. 어서요. 해 지기 전에 얼른 옷 벗어요."

유미는 명령하듯 말하며 서둘러 다니엘의 옷을 벗겨 냈다. 다니엘은 그 손길을 즐기는 듯 만면에 웃음을 감추질 못했다.

"놀다 들어온 아들 씻기려는 엄마 같아."

"아이 참, 이렇게 젊고 예쁜 엄마 봤어요?"

유미가 원피스의 지퍼를 쫙 내리자 허물처럼 옷이 흘러내렸다. 허물을 홀딱 벗은 뱀처럼 유미의 희고 매끈거리는 알몸이 나타났다. 다니엘이 웃으며 고개를 저었다.

"아니, 못 봤어. 로즈가 내 엄마가 아니라서 정말 다행이야."

유미가 다니엘의 손을 잡고 바다를 향해 나 있는 욕조로 이끌었다. 수많은 바다를 보았지만 제주의 물빛은 시시각각 감정 표현이 다른 연약한 소녀의 얼굴처럼 애틋한 데가 있다. 유미와 다니엘은 바다를 향해 욕조에 함께 몸을 누이고 와인 잔을 부딪쳤다.

사양이 비친 탓인지 바다는 연한 은빛이었다. 뜨거운 욕조의 물 탓인지 와인 탓인지 온몸이 이완되는 게 느껴졌다. 그동안 갤러리 개관에 쏟아부은 열정과 긴장이 다 풀려 나가는 것 같았다. 손끝 발끝의 말초신경까지 피돌기가 느껴지며 몸이 따스해졌다. 유미는 저절로 가는 신음을 흘리며 다니엘에게 온몸을 기대었다. 다니엘의 몸 또한 따스해졌다. 유미를 등 뒤에서 안은 다니엘이 유미의 귓불에 키스했다. 그의 뜨거운 입술을 느끼며 유미는 눈을 감았다. 다니엘의 손이 유미의 가슴을 움켜쥐었다. 생각 같아서는 마구 흥분이 될 거 같은데 이상하게 다니엘의 손길에는 흥분이 잘되지 않는다. 다니엘이 유미의 귓가에 속삭였다.

"로즈, 우리 결혼하면 이곳으로 밀월여행을 다시 올까?"

"전 오늘 우리가 꼭 밀월여행 온 기분인걸요."

그의 심벌은 아직 준비가 되지 않았다. 유미는 해 지는 저녁 바다를 바라보며 한 쌍의 돌고래처럼 누군가와 욕조에서 분탕질을 하며 격렬한 섹스를 하고 싶다는 생각을 잠깐 해 보았다.

"잠깐만."

다니엘이 일어서려 했다.

"그냥 있으세요. 전 괜찮아요."

유미는 모르는 척했지만 다니엘이 비아그라를 복용하려는 걸 알고 있다. 다니엘이 민망해하지 않도록 유미는 다니엘에게 키스했다.

"저를 그냥 꼭 안아 줄래요? 따스하게……."

다니엘이 뒤에서 두 팔로 유미를 꼭 안고 유미의 긴 머리칼에 코를 박았다. 차갑게 번들거리는 바다를 바라보는데도 포근한 느낌이 들었다. 오랜만에 느끼는 이런 따스함도 몹시 좋았다. 유미는 왠지 다니엘에게 고백하고 싶은 마음이 들었다.

"아, 따스해. 있잖아요, 다니엘. 저는 늘 추웠어요."

다니엘이 더욱더 유미를 꼭 껴안았다.

"당신은 정말 따스한 남자예요. 그런데 우린 서로 아주 많이 닮았어요."

"그래? 우린 머리칼도 눈 색깔도 다른데?"

"우린 참 닮은 솔 메이트예요. 요즘 깨달은 건데 나도 당신을 참 많이 사랑하는구나, 하고 느껴요."

"그래? 듣던 중 반가운 소린데?"

"다니엘과 나는 가슴에 큰 구멍이 하나씩 있는 사람들이에요. 다니엘이 엄마 얘기를 했을 때 나는 엄마처럼 정말 다니엘을 가슴으로 안아 주고 싶었죠. 다니엘, 내게는 아버지가 없어요. 물론 나를 잉태시킨 남자가 분명 있겠지요. 난 예전부터 나를 사랑해 주는 나이 든 남자를 보면 혹시 내 아버지가 아닐까 엉뚱하게 생각해 본답니다. 언젠가 해외 뉴스에서 봤는데 어떤 남자가 젊은 여자를 만나 사랑에 빠졌어요. 그런데 그 여자가 바로 수십 년 만에 만난 친딸이었대요. 부녀지간에는 유난히 생물학적으로나 성적으로 끌리는 DNA가 있기 때문에 그럴 수 있대요. 그런데 저는 거꾸로 나를 사랑하는 나이 든 남자를 보면 늘 미지의 아버지를 상상한답니다. 내 아버지도 이렇게 매력적이고 멋진 남자일 거야."

"내가 로즈의 생물학적인 아버지는 절대 아닐 테고. 그 말의 의도는 내가 남자로 보이지 않는다는 것이겠지."

다니엘이 딱딱한 어조로 말했다.

"오오, 그런 의도로 말한 건 아니에요, 다니엘. 내게 있어 상상 속의 아버지가 얼마나 멋진가를 이야기하려 했던 거였어요. 내가 다니엘을 얼마나 사랑하는데요."

유미는 진심으로 말했다.

"사랑하기 때문에 솔직하게 진심을 말한다는 걸 알아주면 좋겠어요."

처음에는 다니엘을 이용하기 위해 유혹을 했던 건 사실이다. 그러나 언제까지나 다니엘을 또는 자신을 속일 필요가 있을까. 요즘 유미는 유혹이 종착역인 삶은 어떤 것일까를 생각해 보곤 한다.

"다니엘, 사실 난 가진 것이 아무것도 없는 여자였어요. 처음 다니엘이 내게 접근했을 때 사실 난 살기 위해 당신을 유혹했어요. 당신이 부자고 멋진 남자여서 호감이 갔던 것도 사실이고요. 다니엘 덕분에 내가 이렇게 기반을 잡고 성공한 건 정말 너무도 고마워요. 당신은 내 구세주예요. 게다가 당신이 나를 사랑해 결혼까지 하자고 해요. 정말 분에 넘치는 행운이에요. 하지만 솔직히 말하면, 내가 당신과 결혼한다면 당신의 그림과 재물과 한다는 게 맞을 거예요. 사실 그런 인생도 제게는 너무나 매력적이랍니다. 하지만 솔직히 말하면 당신이 내게는 아버지처럼, 고향처럼 그렇게 따스하게, 애틋하게 느껴져요. 그런데 행복한 결혼이란 그게 아니잖아요."

다니엘이 한숨을 쉬었다.

"젊은 놈같이 내가 육체적으로 만족이 안 된다는 얘기 아냐."

"꼭 그런 것만은 아니에요. 당신에게서 아버지의 이미지를 끊임없이 만들고 상상하는 내가 힘들어서 그래요. 하지만 당신을 정말 떠나고 싶지 않아요. 이런 마음이 뭔지 모르겠어요. 나도 나를 이해 못 하겠어요. 나는 요즘 생부를 찾고 있어요. 조만간 아버지가 누구인지 알게 될 거 같아요. 아마 내가 진짜 아버지를 찾게 되면,

어쩜 그때는 당신이 남자로 느껴질 거 같아요. 내 말 이해하겠어
요? 당신을 사랑하기 때문에 이런 내 마음조차도 고백하고 싶은 거
예요."

유미의 목소리가 살짝 떨렸다. 다니엘이 그런 유미를 바라보더니
유미를 안고 등을 쓸어 주었다.

"이해…… 할 거 같아. 아버지를 빨리 찾으면 좋겠어. 그때까지
는 내가 로즈의 아버지야. 여자를 많이 만나 봤지만 모두 내 재산
에 눈이 먼 여자들뿐이었어. 로즈가 진심을 말해 줘서 난 오히려 고
마워. 장미가 꽃의 여왕인 것처럼 당신도 여왕처럼 영혼이 품격 있
고 아름다워. 기다릴게. 로즈가 나를 남자로 사랑하는 그날까지."

다니엘은 장미 꽃잎을 열듯 유미의 입술에 세심하게 키스를 했다.

"그런 의미에서 솔 메이트라는 거예요. 우린 이미 영혼이 결합,
아니 결혼한 거나 마찬가지예요. 난 당신의 손만 잡고 자도 행복할
거예요."

"그럴 수야 없지. 허니문인데."

다니엘은 욕실에서 나온 유미의 몸을 꼼꼼하게 씻겨 주고 머리
를 세심하게 감겨 주었다. 마치 어린 딸을 씻겨 주는 아빠의 손길처
럼 느껴졌다. 유미는 다니엘이 하는 대로 가만히 있었다. 갑자기 다
니엘이 유미를 번쩍 안아 침대로 가서 눕혔다. 근력을 자랑하며 어
깨를 으쓱거렸지만 다니엘은 숨을 몰아쉬었다.

"아이 참, 갑자기 왜 그러세요? 저 무겁죠?"

"그러게…… 요즘 로즈가 좀 살이 쪘나?"

다니엘의 얼굴이 핼쑥해서 유미는 그를 쉬게 하고 싶었다.

"목욕했더니 잠이 막 쏟아지네요. 자고 싶어요. 팔베개해 주세요."

체중은 오히려 예전보다 2킬로그램이 빠졌는데 왠지 다니엘이 더 기운이 없는 것 같다. 유미는 다니엘의 팔을 베고 잠이 들었다. 새벽에 갑자기 잠이 깬 것은 다니엘의 신음 소리 때문이었다.

"무서운 꿈을 꿨어. 죽은 엄마가 꿈에 보였어. 엄마가 내 손을 꼭 쥐고는 어둠이 내리는 숲을 하염없이 헤맸어. 이슬 젖은 풀들이 섬뜩하게 맨살을 스쳤어. 어둠 속에서 늑대 울음소리랑 온갖 짐승들이 울부짖는 소리가 들리는데 어디선가 달빛이 새어 나오는 거야. 그곳으로 가고 있는데 잠이 깼어."

그의 몸은 땀에 흠뻑 젖어 있었다. 그는 기진한 듯 유미의 품속으로 힘없이 무너졌다.

*

휴대폰으로 전화가 걸려 왔다. 유미는 잠깐 받을까 말까 고민했다. 윤동진이었다. 유미는 목소리를 가다듬고 "헬로."라고 말하며 전화를 받았다. 윤동진은 예의 정중하고 유창한 영어로 인사를 했다.

"로즈, 우리 윤조미술관의 「해외 거장전」 오픈 때 뵙지 못해서 무척 아쉬웠습니다. 서울에 오셨다고 들었는데……"

"죄송합니다. 피치 못할 사정이 생겨서…… 혹시 많이 기다리셨나요?"

"물론 당연히. 계시는 동안 한 번 뵙고 싶습니다. 저도 바빠서 시간을 맞추기 쉽지 않겠지만."

"왜 그렇게 저를 보고 싶어 하시죠?"

"감사한 마음을 전하고 싶습니다."

"그런 거라면 다니엘 화랑 측에 잘 전달된 걸로 알고 있는데요."

윤동진이 잠깐 망설였다.

"으음…… 솔직히 말하면 언론에도 노출되지 않은 미지의 실력자 여성분이라 개인적으로 뵙고 싶은 마음이 큽니다."

"호기심이 많으시군요."

"호기심. 미술관 같은 창의적인 사업에는 그게 필요하죠."

"좋아요. 내일 저녁 9시. 저녁 식사는 각자 하고 잠깐 만나죠."

"저녁 9시요? 저녁 식사를 함께하는 건 어떠신지?"

"저녁 식사는 바빠서 사양하겠어요. 외부에 노출되는 게 싫으니 제가 머무는 호텔의 룸에 잠깐 들르실 수 있으면 그렇게 하시고 어려우면 오시지 않아도 됩니다."

"아, 알겠습니다. 호텔과 룸 넘버를 알려 주시면 시간 맞춰 그리로 가겠습니다. 감사합니다."

"내일 약속 시간 한 시간 전에 알려 드리겠습니다."

전화를 끊고 나서 유미는 9개월 만에 재회할 윤동진을 떠올렸다. 윤동진이 로즈를 만나려고 하는 데는 복잡한 심사가 작용했을 것이다. 윤조미술관의 「해외 거장전」은 우주갤러리 개관 다음 날 예정대로 열렸다. 그러나 하루 전에 모든 관심을 우주갤러리가 선점해 버리는 통에 김샌 전시 꼴이 되었다. 윤조미술관이 두루 구색을 갖춘 작품을 내걸긴 했지만, 우주갤러리는 몇 점이라도 가장 확실한 이슈가 될 만한 작품을 걸었기 때문이다. 윤조미술관에는 유미가 구매를 도와준 데미안 허스트의 「나비」가 전시되고 있었다. 하지만 데미안 허스트는 세계에서 가장 비싸다고 할 수 있는 「신의 사랑을 위하여」란 해골바가지를 들고 우주갤러리 개관식에 깜짝 참석했다. 그리고 다음 날 윤조미술관 오픈 때는 나타나지도 않았다. 데미안은 에릭과 함께 작품 취재를 위해 시골로 떠났고 다니엘은 유미와 함께 제주도에 있었다.

게다가 박용준의 전화에 의하면, 윤조미술관에 전시된 앤디 워홀의 작품이 위작이라는 의혹이 암암리에 일고 있는 듯했다. 한 미술 잡지에서 조심스레 제기한 이 문제로 인해 윤조미술관 측에서 상당히 민감하고 당혹스러워하는 중이라고 했다. 재벌 미술관의 이미지 때문에 진실을 규명하지도 못하고 벙어리 냉가슴 앓듯 쉬쉬하고 있을 것이다.

유미는 윤동진과 처음 만났던 특급 호텔에 전화를 걸어 스위트룸을 예약했다. 다음 날 유미는 그에게 문자로 호텔명과 룸 넘버를 찍어 보냈다. 약속 시간이 되자 노크 소리가 들려왔다. 유미가 영어로 말했다.

"문 열려 있어요. 들어오세요."

문이 열리고 곧 윤동진의 발소리가 카펫에 스치는 소리가 들려왔다. 유미가 침실의 화장대 거울을 보며 응접실을 향해 말했다.

"응접실 소파에서 잠깐만 기다려 주세요."

윤동진은 소파에 앉아서 탁자에 놓인 두 개의 붉은 와인 잔을 바라보며 로즈를 기다리고 있을 것이다.

유미가 윤동진 앞에 나타났을 때 처음에 그는 좀 멍하고 황당한 표정이었다. 그도 그럴 것이 유미는 윤동진의 취향대로 끈으로 묶는 검은 가죽 올인원을 입고 코밑까지 덮는 베니스 가면을 쓰고 있었기 때문이다. 윤동진의 표정이 차츰 설렘과 호기심으로 바뀌어 갔다. 유미가 손을 내밀었다.

"로즈예요."

"윤동진입니다."

동진과 악수를 하고 나자 유미는 잔을 들어 동진에게 권했다. 동진과 유미는 가볍게 잔을 부딪치고 와인을 두어 모금씩 마셨다. 한동안 침묵이 흘렀다. 유미가 먼저 말문을 텄다.

"용건을 말씀하시죠."

"전 가면을 쓴 사람과는 말하지 않습니다. 더구나 진실을 말해야 하는 순간에는."

"당신과 나 사이의 비즈니스에 무슨 진실이 필요할까요? 진실은 제가 가려서 들을 테니 말씀하세요."

"무슨 진실 게임 같네요."

"재미있잖아요. 제 직감으로는 당신도 이런 상황을 즐기고 있는 것 같은데요."

"좋아요. 단도직입적으로 말하겠어요. 구매한 그림에 문제가 생긴 거 같아요. 일단 진실을 규명하는 데 당신의 도움이 필요해요. 그리고 당신이 누구인지 알고 싶어요."

"나 한국어도 할 줄 아는데 왜 영어로만 말을 걸어요?"

유미가 대뜸 한국말을 했다. 동진이 아, 하며 고개를 들었다. 유미가 물었다.

"내가 누구인지 몰래 추적했나요?"

"그러지 않았어요. 사실 거래를 도와준 당신의 존재를 최근에야 알고 만나 보고 싶었어요."

"왜죠?"

"이건 그냥 예감 같은 건데……."

말없이 웃으며 다리를 꼬고 앉아 있던 유미가 탁자에서 멀리 떨어진 동진의 빈 잔에 와인을 따랐다. 그 통에 끈으로 바짝 조인 풍만한 가슴이 더 부풀고 가슴 언덕의 골이 더 깊어졌다. 동진의 눈빛이 잠깐 흔들렸다. 그는 갈증이 나는지 와인으로 목을 축였다.

"아름다우시군요."

"당신도 매력적이네요. 여전히……."

"여전히?"

유미가 웃으며 고개를 끄덕였다.

"이건 그냥 예감 같은 건데……."

유미가 좀 전에 동진이 했던 말을 그대로 흉내 내어 말했다.

"예감이 딱 맞았네요. 전에 내가 얘기했죠? 기억나요?"

"?!"

"내가 했던 마지막 말. 예술적으로 복수해 주겠다는 말."

동진이 와인 잔이 흔들릴 만큼 급히 상체를 일으켰다.

"그럼……? 역시!"

"빙고! 스무고개도 아니고 좀 둔하시네요, 윤 이사님."

유미가 가면을 벗었다.

"자, 가면을 벗었으니 이제부터 당신의 진실을 말해 볼래요?"

"베일에 가려진 로즈란 인물이 의심스러웠는데…… 역시 내 느낌이……."

동진의 표정이 묘했다.

"그런 표정 짓지 말아요. 인생사 재미있죠? 참! 득남을 축하해요."

"도대체 어떻게 이렇게 변신한 거야?"

"변태를 벗어나니 변신이 되더군요. 벌레에서 인간으로 업그레이드도 되고요."

유미가 뼈 있는 농담으로 동진을 비웃었다.

"그림 몇 개 주무른다고 잘난 척하지 마."

"하긴 개수는 그쪽이 더 많죠."

"그래, 오유미의 변신과 성공 인정해. 하나 제안해도 될까? 윤조 미술관으로 당신을 스카우트하고 싶은데."

유미가 갑자기 웃음을 터뜨렸다.

"아이, 제가 이제 월급쟁이가 될 순 없죠. 상황 파악이 좀 안 되시나 본데, 이제부터는 제가 갑이고 당신이 을이거든요."

"다 당신이 조작한 거군. 위작 의혹도?"

"무슨 소리예요? 프랑스 최고의 다니엘 화랑이 소장하고 있던 것들이며 크리스티의 보증 사인이 있는 진품들이에요. 국으로 가만히 있어요. 진실 규명이니 뭐니 설쳐 대면 당신네 이미지만 똥통에 처박히는 거 몰라요? 진실을 파헤칠수록 냄새만 더 난다는 거 몰라요? 똥통 뚜껑은 잘 덮어 놔야죠. 괜히 비자금 수사를 받고 싶은 생각은 없겠죠? 그렇담 자료나 영수증을 검찰에 제공할 수도 있는데. 후훗……."

윤동진의 눈빛이 날카로워졌다.

"이게 당신이 의도한 복수야?"

"아뇨. 난 당신들이 그림을 필요로 할 때 최선을 다해 그림들을 구해 줬어요. 돈세탁하고 비자금 만들려는 당신들의 과욕과 부정이 만든 결과죠. 복수할 생각 없었어요. 다만 칼자루를 쥔 게 나라는 생각이 드니 기분은 좋네요. 그래서 복수가 참 예술적으로 된 거 같긴 하다는 거죠."

윤동진이 갑자기 유미의 올인원 앞섶을 움켜쥐고 흔들었다.

"예술적인 복수라…… 오유미, 착각하지 마. 어쩌다 성공 좀 했다고 잠깐 도취되어 있는 거 같은데, 넌 태생적으로 창녀 같은 계집이야. 한때 내가 눈이 어두워 너의 더러운 유혹을 사랑이라 생각했던 거야. 아버지가 옳았어. 넌 상종해서는 안 되는 꽃뱀이고 포르노 배우에다 창녀였어."

유미가 손을 들어 윤동진의 뺨을 세게 때렸다. 유미가 파르르 떨면서 말했다.

"태생적으로 창녀? 창녀랑 놀아난 너는 뭐니? 더 이상 얘기 안 하겠어. 다만 네 아버지 윤규섭한테 가서 똑똑히 물어봐. 이 오유미가 누구인지! 네 아버지가 왜 이 오유미에게 당당하지 못한지! 창녀의 씨가 따로 있는지!"

"무슨 억지 같은 소리야?"

"똑똑히 들어, 이 변태야. 날 더 이상 벌레 취급하지 마. 후회하게 만들 거야."

갑자기 동진이 와인 잔을 집어 던지고 유미의 뺨을 갈겼다. 유미는 앞에 놓인 와인 잔을 동진에게 흩뿌렸다. 동진의 연회색 여름 양복에 붉은 와인이 피처럼 튀었다. 눈에도 튀었는지 동진은 눈을 껌뻑거리며 바보처럼 서 있었다. 유미가 휴대폰으로 올인원의 끈이 떨어져 나가 가슴이 거의 드러나고 한쪽 뺨이 부푼 자신의 모습을 '셀카'로 찍었다. 그리고 동진의 모습도 찍었다.

"뭐하는 짓이야?"

"당장 나가! 종업원 부르기 전에. 이 현장을 보면 성폭행 현장인 줄 알겠지. 그러니 얼른 나가라고."

"그럼 사진은 왜 찍는 건데? 이리 내."

"추억으로 남기고 싶을 뿐이야."

동진이 손으로 얼굴을 쓸며 한풀 꺾인 목소리로 말했다.

"오유미, 우리 이러지 말자. 이럴 생각은 아니었는데…… 좋아, 당신이 원하는 협상 조건이 뭐야?"

유미가 호텔의 인터폰 수화기를 들었다.

"사람 부르기 전에 조용히 나가 줘."

동진이 무슨 말을 할 듯 유미를 바라보다 뒤돌아서 나갔다. 문이 닫히는 소리를 듣고 유미는 소파에 무너지듯 앉았다. 울고 싶었으나 눈물이 나오지 않았다. 마지막 눈물은 유진에게 흩뿌렸기 때문이다. 대신에 부들부들 몸이 떨려 왔다. 예술적인 복수는 없다. 복수의 경전은 함무라비법전이다. 눈에는 눈, 이에는 이, 피에는 피.

우주갤러리는 개관 이후 예상했던 것보다 훨씬 더 성공 가도를 달리고 있다. 전시한 작품들은 돈 많고 안목 높은 컬렉터들이 다투어 선점하고, 알음알음으로 재벌가에서 선을 대어 작품 구매를 부탁해 왔다. 윤조미술관에 돌연 사표를 내던지고 나온 박용준을 프랑스 현지로 몰래 파견 근무를 보냈다. 다니엘과 에릭, 박용준의 지원으로 실질적인 업무를 신속하고 체계적으로 잘 처리할 수 있었다. 서류상 대표로 있는 우승주는 두 명의 큐레이터를 거느리고 얼굴마담 격으로 화랑을 잘 지켜 주었다. 화랑 일을 가르친다는 명목으로 우승주는 고수익을 비서처럼 붙들어 두고 있었다.

윤동진과 재회한 이후 유미는 폭탄의 안전장치를 하나씩 제거하며 YB그룹을 압박하기 시작했다. 에릭이 가지고 있던 앤디 워홀의 「플라워」를 다시 사들여 우주갤러리에 걸었다. 어느 미술 잡지에서 위작 의혹을 제기한 윤조미술관의 「플라워」 진품이었다. 유미는 또한 다니엘에게서 구입한 피카소의 진품 「비극」이란 그림도 가져다 우주갤러리에 걸었다. 「비극」은 윤 회장이 원했던 그림이다. 그러나 윤 회장이 소유한 그것은 모작의 천재 베르나르의 작품이었다. 오리지널 「비극」은 윤 회장에게 가기 전 「플라워」처럼 베르나르의 집에 잠시 들렀었다. 유미는 언젠가 「비극」이 비극을 불러일으키길 기대했다. 「플라워」와 「비극」이 윤조미술관과 우주갤러리에 동시에 걸린 꼴이었다. 얼마 지나지 않아서 둘 중 어느 한쪽이 가짜 그림을 걸었다는 입소문이 퍼질 것이다.

어느 날 윤동진이 전화를 해 왔다.

"도대체 뭐야? 그림들, 어떻게 된 거야? 날 물 먹이려는 짓 그만하고 우리 오늘이라도 당장 만나자."

"볼일 없어요. 나도 그림 소문 들었어요. 뭐가 겁나는데? 그럼, 그림을 내리세요."

"정당한 대가를 치르고 산 우리가 왜 내려?"

"나 또한 비싼 돈 주고 진품을 샀거든요. 그럼 함께 감정을 받아 보든가요. 내일이라도 기자들 불러 놓고 기자회견 할까요?"

윤조미술관이 갖고 있는 「플라워」와 「비극」은 진품을 모사한 베르나르의 작품이다. 그러나 한국의 웬만한 감정가들은 구별을 못 할 것이다. 공연히 이참에 재벌 미술관의 비리 어쩌고 하면서 더 뭇매를 맞을지도 모른다. 그쯤에서 YB그룹의 비자금 사건을 터뜨려 주고 유미는 프랑스로 날아갈 생각을 하고 있었다. 얼마 전에 유미는 다니엘에게 전화를 했다. 그리고 다니엘이 바라는 말을 해 주었다. 다니엘, 올해가 가기 전에 우리 결혼해요. 물론 그렇게까지 안 해도 유미가 구축한 공고한 시스템은 유미를 안전하게 보호할 것이다. 한국에서 오유미란 명의로 책임져야 할 일은 없다.

며칠 후 과연 대어로부터 기다리던 입질이 왔다. 윤 회장이 손수 유미의 휴대폰으로 전화를 걸어 왔다. 그는 감정을 누르며 가라앉은 목소리로 낮게 말했다.

"생각보다 일찍 보게 되는구나. 내일 저녁 8시, 본사의 내 방으로 들를 수 있겠나?"

"예, 회장님. 당연히."

그래, 마음이 급하겠지. 유미는 김경훈 변호사로부터 건네받은 서류와 윤조미술관과의 거래 자료를 복사하여 윤 회장을 찾아갔다. 저녁 8시의 본사 건물, 특히 회장실이 있는 층은 적막했다. 여비서 혼자만 비서실을 지키고 있었다. 유미가 회장실에 들어가 인사를 하자 창 쪽을 바라보고 앉아 있던 윤 회장이 의자를 돌렸다.

"오랜만이구나. 앉지."

시름에 젖은 듯한 표정 때문일까? 그는 예전보다 더 늙어 보였다.

"동진이를 만났더구나."

"예, 윤 이사님이 여러 번 연락했어요."

"쓸데없는 얘긴 왜 한 거냐."

"무슨 얘기요?"

유미는 시치미를 떼고 물었다. 윤 회장에게 가서 오유미의 존재에 대해 물어보라고 동진에게 말했던 것, 왜 윤 회장이 그렇게나 오유미를 두려워했는지 물어보라고 했던 것이 생각났다. 윤동진이 윤 회장에게 그 질문을 한 걸까? 물론 윤 회장은 속으로는 놀랐겠지만 노회하게 잘 넘겼을 것이다.

"그건 약속 위반이야. 일단 좋다. 그건 그렇고……."

윤 회장이 일단 언짢은 표정을 풀더니 긴한 이야기를 할 태세로 상체를 유미 쪽으로 숙였다.

"솔직하게 터놓고 얘기하자꾸나. 우리 그림 구매에 네가 실세로 암약을 했다는데 맞느냐?"

"뭐, 제가 약간 도와 드렸죠."

"그런데 요즘 위작 얘기가 나오는 그림은 도대체 뭐냐? 그리고 네가 개관한 갤러리에도 똑같은 게 있다는 얘기가 들리던데."

"그건 저도 억울한 피해자예요. 저야말로 진품을 샀다고 생각하는데요. 유명 그림은 간혹 그렇게 모작이 있는 거 같긴 한데…… 그래서 전 정식으로 감성 의뢰를 할까 합니다. 국내와 현지의 전문가를 다 동원해서라도."

"구설에 오르는 건 별로 좋지 않아서 일단 전시실에서 그림을 치우라 그랬다. 매스컴에서 다루면 골치 아파. 그런데 사냥개 같은 놈들이 꼭 있어요. 그렇지만 나도 조사를 따로 해 볼 거야. 만약 네가 거기에 조금이라도 관련이 되었다면 너는 나한테 혹독한 대가를 치러야 할 거다. 명심해라."

"협박이신가요?"

"협박? 내가 공갈범이냐? 이건 정의의 문제다."

"정의의 문제요? 그래서 그렇게 검은돈을 만들고, 뿌리고, 그 와중에 사람도 죽이고 하셨나요?"

"너야말로 협박이냐? 배은망덕한 년! 지난번에 베푼 은혜도 모르고 네가 나한테 뭘 더 바라느냐."

"지난번에 날 쫓아내며 던진 돈, 원하면 되돌려 줄 수 있어요. 내가 원하는 건 진실이에요. 당신의 그 냉혹하고 비열한 위선이 아니라. 진실을 밝혀 주지 않는다면 당신에 대해 그동안 수집한 악행의 자료, 그리고 이번에 그림 구매로 비자금을 마련한 증거까지 다 까발리겠어요. 저도 당신처럼, 인간을 제외하고는 다 카피를 떠 놨거든요. 물론 그림도 예외는 아니고요."

윤 회장이 주먹을 쥐고 숨을 거칠게 몰아쉬었다.

"너를 딸처럼 생각해 줬건만 내가 독사를 키웠구나. 네가 내게 이러는 이유가 도대체 뭐냐?"

"엄마와의 관계와 제 출생, 그리고 엄마의 죽음에 대해 말해 주세요. 그리고 누군가를 사주하여 저를 죽이려 했다는 증언이 있어요. 배후에서 절 죽이려 했던 인간이 누구죠?"

"난 모르는 일이다. 금시초문이야."

"유 의원이 남긴 편지가 있어요."

"유병수 그 인간은 자기를 합리화하기 위해 어떤 거짓말도 불사하는 놈이야. 그놈 말을 믿으면 안 돼."

"그러면 조두식 씨를 모른다고 하진 않겠죠? 그 사람은 어쩌면 엄마가 남긴 일기나 유서가 있을지도 모른다 그랬어요. 의혹을 숨기지 말고 밝혀 주세요. 제 출생에 무슨 일이 얽혀 있었던 거죠? 그걸 밝혀 주지 않는다면 제가 당신의 비리를 밝힐 거예요."

"조두식은 인간쓰레기야. 넌 나에 대해서 한참 오해를 하고 있는 거야."

"그러니까 오해를 풀어 주세요."

유미가 윤 회장을 바라보자 윤 회장이 한숨을 쉬었다. 그러고는 한동안 침묵을 지키더니 결심한 듯 입을 열었다.

"거의 40년 전 얘기다. 결론적으로 말하면 네 엄마와 유병수와 나, 이렇게 일종의 삼각관계였다고나 할까. 내가 잘못한 게 있다면 너를 딸로 인정하지 않은 거, 그거 하나밖엔 없다."

윤 회장의 목소리가 낮게 가라앉았다.

"그걸 받아들이고 싶지 않았다. 하지만 내 나름대로는 대가를 치렀다고 생각한다. 그러니 우리 이제 서로를 죽이는 무모한 싸움은 그만하자꾸나. 난 너를 딸처럼 생각하고 있는데 네가 이러면 안 되지. 그건 배은망덕이야."

"그동안 제가 당신의 딸이라고 생각하셨다고요?"

"받아들이고 싶진 않았다. 하지만 네 엄마가 그렇다고 주장했다. 확신에 찬 편지도 여러 통 보냈다."

"엄마가 그랬다고요?"

"그래, 그 편지도 어딘가 있을 거다. 어미의 직감이니 맞을 거라 생각했다. 나도 한때의 실수로 생각하고 불쌍한 네 엄마의 요구를 비밀리에 들어줬다."

"요구라뇨?"

"여러 번 돈을 요구했다."

"증거가 없다고 거짓말하지 마세요."

"증거? 조두식이 안다. 너, 아무 근거도 없이 나를 나쁜 놈으로 몰지 마라. 과학적으로 확인만 안 했다 뿐이지, 마음속으로 난 널 늘 딸처럼……."

유미가 말을 잘랐다.

"난 당신의 말을 믿을 수 없어요. 당신은 위선자예요. 그럼 아버지라는 분이 제게 왜 그렇게 대하셨나요? 그렇게 생각하셨다면 진작 진솔하게 저를 딸처럼 대해 주셨으면 좋았잖아요. 돈보다 더 귀한 게 있잖아요. 제가 친딸이라면서 들러붙을까 봐 거머리 털어 버리듯 돈 주고 내쫓았잖아요. 재벌인 당신에겐 껌값도 안되는 그 알량한 돈으로 말이죠."

"네 주제에는 아주 큰돈이야."

"그래서 억울한가요?"

"그래, 네 엄마와 몇 번 몸도 섞지 않았는데 네가 생겼다. 그 정도면 됐다고 생각한다."

윤 회장이 퉁명스레 말했다.

"자신의 딸이 어떻게 성장했는지, 어떻게 살아왔는지 돌아본 적 있어요? 혹시라도 딸인 게 알려질까 봐 남보다 더 못되게 저를 괴롭히고 핍박했잖아요."

"동진이와 얽혀 있으니, 더군다나 인연의 뿌리를 끊어야 했다."

윤 회장이 화가 치미는 듯 큰 한숨을 내쉬었다.

"계획적으로 동진이에게 접근한 요망한 년이라 생각했다."

"먼저 접근한 건 윤 이사거든요. 아세요?"

유미가 눈을 똑바로 뜨며 말했다.

"제가 진짜 딸이라면 정말 섭섭했을 거예요. 다행히도 당신이 제 아버지가 아니니."

"무슨 소리냐?"

유미는 차분하게 말했다.

"유전자 검사를 해 봤어요."

"뭐라고?"

"두려우셨겠죠. 제가 딸이면 분란의 소지가 될 거고, 재산도 나눠야 할 테고. 윤 이사 일과 겹쳐 끔찍했겠지요."

윤 회장이 한숨을 쉬며 눈을 감았다.

"아아, 그랬구나."

눈을 뜬 윤 회장이 잠시 허탈한 표정으로 유미를 바라보았다.

"나도 최근에는 유전자 검사를 여러 번 생각했었다. 그럼 네 아버지는 누구냐? 유병수냐?"

유미가 고개를 흔들었다.

"그건 아실 필요 없잖아요."

"그럼 오인숙의 정체는 뭐냐? 여러 놈을 상대한 거야? 그 순진한 시골 처녀가?"

윤 회장이 고개를 설레설레 흔들며 오히려 유미에게 물었다.

"이제 네가 나한테 이러면 안 되지. 결국 나도 오랜 세월 희생자였어. 난 너희 모녀에게 할 만큼 했다. 가거라. 아아, 이런 빌어먹을 배신감을……."

그가 한동안 괴로운 표정을 지었다.

"좋아요. 그렇다면 그 당시의 상황을 이야기해 줄 수 없나요?"

"지금은 아무 얘기도 할 기분이 아니다. 다만 딸도 아닌 아이한테 이렇게 당하다니. 이제 나와는 상관도 없는 일이니 앞으로 이 문제로 나를 괴롭힐 경우, 나도 가만히 있지 않겠다!"

윤 회장은 단호하게 협박하는 눈빛으로 유미의 접근 자체를 완강하게 거부했다. 그의 혼란을 이해할 수 없는 건 아니지만, 왠지 유미는 이참에 그가 무언가를 교활하게 덮어 버리려는 제스처를 하는 게 아닐까 싶었다.

"그러니까 오인숙이 창녀 짓을……?"

윤 회장이 모욕적인 눈길로 유미를 노려보았다.

"그러니 그 피가 어디로 가겠나."

"엄마를 모욕하지 마세요. 한때 사랑했던 사람을."

"경고하는데, 날 더 이상 모욕하지 마라. 죽여 버릴 수도 있어."

"이제야 본심이 나오는군요. 걱정 마세요. 저 그렇게 쉽게 죽지 않아요. 회장님이야말로 오래오래 건강하게 사셔야죠. 혹시 고백이나 협상이 필요하시면 연락을 주세요."

윤 회장이 탁자를 치며 소리쳤다.

"한번 해 보자는 거야? 겁대가리 없이!"

"원하신다면."

유미가 자리를 털고 일어섰다.

"뱀 같은 년들!"

윤 회장이 입술을 비틀며 말했다. 윤 회장은 유미의 뒷모습을 노려보다가 한참을 그대로 앉아 있었다.

뻐꾸기는 둥지를 짓지 않는다

휴대폰 화면에 모르는 전화번호가 떴다.

"나다."

조두식이었다. 한참 연락이 안 됐던 그에게서 오랜만에 전화가 걸려 왔다.

"아! 아저씨."

"야, 너 자꾸 윤 회장 건드리지 마라. 그 곤조통, 보통 아니다. 잔뜩 독이 올랐던데."

"제가 뭘 건드렸다고 그러세요. 도둑이 제 발 저린 거지. 무언가 숨기고 위선을 떠는 걸 참을 수가 없어요."

"뭐가 그렇게 궁금해? 내가 다 얘기해 주마."

유미는 윤 회장이 쉽게 진실을 고백하리라 크게 기대하지도 않았지만, 한편으로는 허탈하기도 했다. 어쩌면 엄마는 정말 창녀가 아니었을까? 엄마에 대해 원치 않는 사실을 알게 될지도 모른다는 생각에 아버지 찾는 일을 그만둘까 싶은 생각마저 들었다. 이제 와서 복수를 한다는 것도 얼마나 무의미한가. 그런데 무언가 열쇠를 쥐고 있을 것 같은 조두식이 전화를 해 오자 궁금증이 다시 불붙었다.

"안 그래도 아저씨 꼭 만나고 싶었어요. 우리 만나요."

"그래, 그럴까? 그러지 뭐."

"언제요?"

"지금 당장 만나자."

"지금 당장요? 이 밤에요?"

"그래, 쇠뿔도 단김에 뽑자고."

하긴 조두식은 만나려고 하면 늘 미꾸라지처럼 빠져나가는 인간이다. 웬일로 이렇게 전화를 걸어 왔을까? 게다가 무언가 비밀을 이야기해 주겠다고 하지 않는가. 유미는 잠깐 주저했다. 이 밤에 그의 숙소로 가는 게 꺼림칙했다. 많이 늙긴 했지만, 그는 예전에 유미를 겁탈하려 했던 위인이다.

"오늘은 너무 늦은 거 같은데 내일 만날까요?"

"뭐 맘대로. 근데 내일이면 내 맘이 변할지 몰라. 네 엄마 일기장을 보고 싶다고 그랬잖냐?"

엄마의 일기장? 유미는 얼른 미끼를 물듯 조두식의 제안을 물었다.

"좋아요. 제 집으로 오실래요?"

"아냐. 내가 차도 없고 발을 좀 다쳐서 네가 오는 게 낫겠어. 인천항 근처니까 와서 전화해라."

"알겠어요."

"아무도 모르게 살짝 왔다 가라. 윤 회장이 알면 큰일 나."

유미는 혼자 나서는 게 약간 불안하긴 했다. 어쩌면 미행을 당할지 모른다는 생각이 퍼뜩 들기도 했다. 윤조미술관에서 그림을 슬그머니 내린 후 위작 의혹은 사라졌다. 대신 그 불씨가 YB그룹의 비자금 문제로 번져 압박이 시작된 것 같았다. YB그룹에서는 유미를 눈엣가시처럼 생각할 게 분명했다.

간편한 복장으로 집을 나섰다. 시간은 8시. 어둠이 내린 시각이었다. 차를 출발시키려다 수익에게 전화를 걸었다. 그러나 수익의 휴대폰은 꺼져 있었다. 유미는 망설이다 수익의 휴대폰에 문자를 넣었다.

조를 만나러 간다. 인천항 근처 그의 아지트.

유미는 일전에 조두식의 신상과 근황에 대해 조사를 해 달라고 수익에게 부탁을 했었다. 그저께 수익을 만났을 때 그가 전한 말이 떠올랐다. 부분적이고 파편적인 정보이긴 해도 조두식이 얼마나 야비하게 살아온 인간인지 짐작이 갔다. 쫄따구 정치 깡패에서 시작해 외항 선원, 철거반 깡패 조직 등을 거쳐 지금은 주거 부정의 허접스럽고 추레한 노년을 보내고 있다고 한다. 조두식은 1970년대 서울에서 활동한 조직의 똘마니로부터 시작해서, 부산으로 내려가 한때는 일본 야쿠자와 손을 잡은 국제적인 폭력 조직의 중간 보스까지 지냈다. 재바른 그의 성격과 오지랖 탓에 정계와 재계 인사와도 인맥을 쌓았다. 이득을 취하는 데는 인정사정 보지 않았지만, 의리상 보스 대신 감옥에도 가끔 다녀왔다. 지금은 보스들이 죽었거나 이빨 빠진 호랑이 신세로 전락했으니 조두식의 신세 역시 하이에나로 전락했다. 그러나 아직도 범죄 조직과 뭔가 관련이 있는지 신변을 노출하지 않고 몸을 사리고 있다. 옛 거래처 흥신소 직원으로 알고 있는 고수익을 불러 필요 시에만 일을 맡기기도 한다. 물론 심부름이나 정보를 구할 때만 일시적으로.

유미가 고수익으로부터 구한 가장 최근 정보는 조두식이 두 번 YB그룹으로 찾아갔다는 것이다. 아까 조두식과의 통화 내용을 미루어 보건대, 아마 윤 회장을 만난 모양이다. 유미는 마지막 희망으로 조두식이 진실의 일부라도 밝혀 주길 기대하면서 인천으로 차를 몰았다.

유미가 인천항 부근에 도착해서 조두식에게 전화를 거니 그가 데리러 나오겠다고 했다. 주위에는 창고 같은 건물이 늘어서 있었다. 호기심으로라도 조두식이 사는 집에 한 번쯤 가 보고 싶었다. 길모퉁이에서 조두식을 발견한 유미는 조두식을 따라 낡은 건물의 지하로 들어갔다.

"여기가 내 아지트야. 내겐 천국과도 같은 곳이지."

문을 열고 들어가니 음산한 실내가 나타났다.

"천국처럼 낯선데요."

"여기저기 다녀 봐도 이만한 데가 없어. 여기가 고향의 오래된 내 집 같거든."

조두식이 유미를 보며 웃었다. 둘러보니 전형적인 창고 건물인 것 같은데 안쪽에 작은 방이 있었다.

"여기가 오래된 내 방이야. 호화로운 호텔이나 감옥이나 다 가 봤지만 여기가 제일 편해. 네 엄마 일기장도 찾아보면 여기 어디 있을 거야."

"그래요? 제게 보여 줄 수 있죠?"

"그럼, 얌전하게 굴면. 흐흐……."

조두식이 실없는 웃음을 흘렸다. 그가 방 안에 있는 낡은 서랍장에서 무언가를 꺼냈다.

"네가 원하는 게 이거냐?"

그건 예전에 한 번 본 적 있는 엄마의 일기장이었다. 그가 유미의 눈앞에서 페이지를 휘리릭 넘기며 보여 주었다. 낡고 두툼한 그 노트엔 엄마의 필체로 쓰인 일기가 보였다. 유미가 얼른 손을 내밀어 잡으려 하자 조두식이 웃으며 일기장을 거둬 갔다.

"애야, 이건 공짜로 보여 줄 수 없는 거야."

"왜 우리 엄마 일기장을 아저씨가 갖고 있는데요? 제게 넘기세요. 뭘 원하세요? 돈요? 얼마죠?"

유미가 가증스러운 표정으로 물었다.

"세상에 돈이 다가 아니더구나. 돈보다 더 귀한 게 있더구나."

"그게 뭐죠?"

"그게, 그게 말이다. 사람의 목숨 아니냐."

조두식이 빙글빙글 웃으며 말했다.

"그게 무슨 뜻이죠?"

"뭐, 그건 나중에 얘기하도록 하고 일단 우리 좌정하고 얘기하자

꾸나."

조두식이 유미를 오래된 통나무 식탁 쪽으로 데려가며 통나무 의자에 앉으라고 했다. 그리고 엄마의 일기장을 식탁에 던져 놓았다.

"공짜는 아니지만, 내가 너와의 인연을 생각해서 선심 좀 쓰마. 일단 맛보기로 좀 보고 있어라."

유미가 얼른 일기장을 집었다. 일기장의 첫 페이지를 열었다. 유미의 등 뒤에서 조두식이 물었다.

"차는 뭐로 할래?"

"아무거나요."

유미는 일기장에서 눈을 떼지 않고 대답했다.

1972년 11월 20일 토요일 맑음

아아, 이 오인숙의 인생에도 해 뜰 날이 있으려나 보다. 아무렴 그렇지! 내가 자갈치시장에서 매운탕과 회 접시만 나르다 인생 종치면 안 되지. 서울이란 곳은 원래 물이 좋은가? 어쩌면 서울 여자들은 이렇게도 때깔이 좋을까? 서울의 여대생들은 어쩌면 이렇게도 고울까! 서울 온 지 얼마 되지 않지만, 나도 서울 물 좀 먹어서 그런가? 아침마다 거울 볼 때면 얼굴이 더 예뻐진 거 같다. 안 그래도 유병수 의원 아저씨가 나보고 얼굴이 훤해졌다고 하신다.

작년에 그가 부산에 첫 선거 유세차 내려왔을 때 우리 식당에서 처음 만나고부터 나는 그 아저씨가 왠지 좋았다. 왠지 내 인생이 그와 연결될 거 같은 뜬금없는 예감이 들었다. 그의 눈빛도 예사롭지 않았다. 그렇지 않다면 그렇게 바쁘고 귀한 몸인 그가 내게 가끔 편지를 보냈겠는가?

유미는 눈을 떼지 못하고 엄마의 일기장을 읽어 내려갔다.

그 젊은 나이에 초선 의원에 당선된 건 훤한 인물 덕만은 아니다. 그분은 신의가 있는 분이다. 내가 서울에서 성악 공부를 하고 싶다고 했을 때 그분은 약속했다. 언젠가 꿈을 펼칠 수 있도록 서울로 초대하겠다고. 드디어 아저씨는 여자대학 앞에 방을 얻어 주시며 대학에 입학할 수 있도록 공부를 해 보라고 하셨다.

그리고 그분의 친구인 윤 사장님의 작은 회사에 취직도 시켜 주셨다. 물론 전화를 받고 사환처럼 심부름을 하며 사무실을 지키는 단순한 일이지만 월급도 준다고 했다. 한 1년 착실하게 돈을 벌면 내 힘으로 틈틈이 대입 공부도 할 수 있을 거 같고 음악 학원 같은 데 갈 수도 있겠지.

그런데 유 의원 아저씨는 요즘 많이 바쁜지 통 만날 수가 없다. 윤 사장님 말로는 내년 초에 국회의원 선거가 있다고 한다. 나는 정치는 잘 모르지만 대통령이 10월 유신이란 걸 발표한 이후 유 의원 아저씨에게도 무슨 큰 변화가 있는 듯하다. 윤 사장님 사무실에는 가끔 노가다와 힘쓰는 사람들이 드나드는 통에 거칠고 무서운 분위기가 될 때도 있다…….

조두식이 오렌지 주스 한 잔을 내밀었다. 유미는 조바심 때문에 목이 탔다. 주스를 쭉 들이켜며 일기장을 넘겼다.

"네가 그걸 다 읽으면 좋겠다만 다 읽을 시간이 될라나 모르겠다."

"시간이라니요?"

"이제 시간이 얼마 안 남은 거 같다."

"⋯⋯?"

유미가 고개를 갸우뚱하는데 왠지 시야가 흐려지며 맥없이 눈이 감겨 왔다.

얼마나 지났을까? 누군가가 흔드는 기척에 눈을 떴다. 눈을 뜨자 몸이 의자에 묶여 있다는 걸 깨달았다. 조두식이 미묘한 표정으로 유미를 바라보고 있었다. 유미는 이 상황이 믿기지 않았다. 식탁 위에는 빈 주스 잔이 덩그러니 놓여 있었다. 주스에 약을 탄 게 분명했다. 엄마의 일기장은 유미가 펼쳐 본 페이지 그대로 저만치 식탁 위에 놓여 있었다.

"왜? 이게 도대체 뭐죠?"

조두식은 대답 대신 맞은편 의자로 가서 앉았다. 그가 식탁에 놓인 종이 위의 흰 가루를 짧은 빨대에 넣더니 코로 흡입했다. 유미는 그게 영화에서나 보던 마약 흡입이란 걸 알았다.

"나도 인간이라 맨정신으로는 좀 거시기 해서 말이지. 윤 회장 부탁으로 널 처리해야 할 거 같은데⋯⋯."

"처리라뇨?"

"그 인간, 방식이 좀 그래. 나야 뭐 명령대로 해야지."

갑자기 소름이 끼치며 유미가 몸을 비틀었다. 통나무 의자에 묶인 몸은 꼼짝달싹하지 않았다.

"아저씨, 돈 얼마 받고 이러시는 거예요? 그 돈 내가 줄게요. 나 좀 풀어 줘요, 아저씨! 생각 안 나세요? 전에 약속했잖아요. 내가 무슨 큰 고난에 처했을 때 한 번 정도는 나를 구해 주겠다고."

"나도 그러고 싶다. 그런데 어쩌냐. 여기까지가 내 임무고, 널 처리할 놈이 곧 올 텐데. 아마 빠져나갈 수 없을 거야. 윤 회장이 그러더라. 너를 딸로 알고 여태까지 참았는데, 이것도 부족하다고. 이젠 딸도 뭣도 아니니 쥐도 새도 모르게 처치하고 싶은 게지."

조두식이 코를 벌름거리면서 짐승처럼 흰 이를 드러내며 말했다.

"그럼 나와 협상을 하면 될 텐데, 왜 이렇게까지 하는지 이해가 안 돼요. 아저씨, 저 좀 살려 주세요."

유미가 머리를 흔들며 애원했다. 하지만 조두식은 유미의 앞으로 다가오더니 유미의 턱을 잡고 야비한 웃음을 흘리며 말했다.

"왜냐고? 완벽하고 깨끗하게 진실을 묻어 버리고 싶을 테니까! 더 이상 실마리를 남겨 두고 싶지 않을 테니까. 그러게 너 왜 그렇게 독사처럼 머리를 꼿꼿이 들고 살았냐. 밟으면 밟혀 죽은 듯이 살아야지. 세상은 약육강식의 정글이야."

"벌레처럼 살고 싶지 않았어요. 밟으면 꿈틀이라도 하며 살고 싶었어요. 내가 살아 있다는 신호라도 보내며 살고 싶었어요."

목이 메어 떨리는 목소리로 유미가 말했다.

"아저씨, 윤 회장에게 손 떼고 모든 걸 원점으로 돌리겠다고 전해 주세요. 어떤 협상이라도 응하겠다고. 대신 제게 손대지 않겠다고 약속해 주세요. 아저씨가 윤 회장에게 다시 한 번 전해 주세요, 네? 아저씨에게 한 점의 양심이 있다면 딸 같은 저에게 이러시면 안 되잖아요."

"그러게. 그런데 너무 늦은 거 같아. 그 인간, 꼴통이야. 피도 눈물도 없어."

유미가 다시 한 번 애원했다.

"아저씨, 아저씨가 원하는 게 뭐예요? 돈? 원하는 대로 드릴게요."

"너 현금 많냐? 재벌만큼 많냐? 너 그림 장사 시작했다 그러더라. 그림 사느라 돈 다 털었겠지."

"그림을 팔면 돼요, 아저씨."

"에이, 그거 팔 때까지 언제 기다려? 대신 마지막으로 네가 알고 싶은 진실은 나한테 물어봐. 마지막 자비를 이 조두식이라도 베풀어 줄 테니. 흐흐흐……."

조두식이 징그럽게 웃었다. 눈에서 이상한 광채가 나는 것 같았다. 그때 유미의 주머니에서 휴대폰 벨이 울렸다. 그러나 유미는 손을 움직일 수 없었다. 조두식의 눈이 번뜩였다. 그가 다가와 주머니에서 휴대폰을 꺼냈다.

"누구야? 고수익? 고수익이 누구냐?"

아! 이제야 수익이 전화를 해 오다니. 그런데 조두식은 고수익을 모르는 걸까? 왜일까?

"여보세요."

조두식이 전화를 받았다. 유미는 이때다 싶어 소리를 질렀다.

"수익 씨! 수익 씨! 나 좀 살려 줘!"

그런데 조두식이 곧 투덜거렸다.

"뭐야? 새끼! 전화를 바로 끊어 버리네."

유미는 기운이 쑥 빠져 버렸다. 조두식이 다가왔다.

"너 안 되겠다. 주둥아리를 함부로 놀려서."

조두식은 수건을 뭉쳐 유미의 입에 물리고 테이프로 봉해 버렸다. 그가 유미의 휴대폰을 이리저리 검사했다. 메시지나 문자를 확인하는 것 같았다. 유미는 이곳에 오기 전에 수익에게 보냈던 문자를 삭제했었다. 조두식은 별다른 게 나오지 않자 휴대폰 전원을 끄고 식탁 한쪽으로 밀쳐 두었다. 그리고 자신의 휴대폰을 꺼내 어딘가로 전화를 했다.

"그래. 언제 오냐? 여기 술이 좀 모자란다. 올 때 좀 가져와. 난 로열설루트 좋더라. 기분이 엿 같아서 오늘 죽을 만큼 마셔야겠어."

조두식이 어딘가에서 술이 반쯤 남은 양주를 가져와 병째로 나발을 불었다.

"아, 씨발. 오늘 밤에 좀 내나 보다. 인간들의 대를 이은 애정사, 아니 애증사 말이지. 흐흐흐. 인간들은 왜 그리 복잡해. 야, 너 진실, 진실 하는데 진실은 더럽고 위험한 거다. 네가 불쌍해서 한마디 해 준다만, 유 의원이나 윤 회장에겐 네가 저주의 씨였지. 둘 다 나쁜 놈이야. 물론 나도 그에 못지않지만. 흐흐흐. 세상은 말이야. 악한 놈이 강자야."

조두식은 술을 마시자 말이 많아졌다.

"그래, 오늘 밤은 나도 알고 있는 진실을 얘기해 볼까. 네가 이제 하늘나라에서 엄마 만날 시간도 얼마 안 남았으니, 거짓말하면 뾰록날 테고, 흐흐…… 네 엄마, 불쌍한 여자지. 남자들의 희생양이라 할 수 있지. 간단히 말하면 유 의원과 윤 회장은 조상 때부터 출신 성분이 다른 사람들이야. 유 의원 집에 윤 회장네가 오래전부터 종으로 살았단 말이야. 이게 묘하게 두 사람 간에 알력으로 작용했지. 아니, 윤규섭이 유병수에게 한을 품었던 거지. 그 한과 열등감으로 윤 회장은 맨손으로 온갖 짓을 다해서 돈을 벌었고, 젊은 나이에 국회의원이 된 귀공자인 유병수와 겉으론 친형제처럼 지냈지. 그 뭐냐, 정경유착. 달면 삼키고, 그러다가 쓰면 뱉어 내고. 묘한 애증 관계지. 어쩌다 그 사이에 네 엄마가 낀 거야."

조두식은 계속 말을 이어 갔다.

"네 엄마가 젊을 때 아주 이뻤어. 유 의원은 네 엄마를 갈매기식당에서 보고 반해서 부산 내려갈 때마다 들르곤 했지. 물론 네 엄마도 유 의원을 아주 좋아했지. 식당에서 정치인들 회식을 하는 자리에서 네 엄마에게 노래를 시켰는데 노래를 아주 잘 부르더란 말이야. 급기야 공부를 시킨다는 명목으로 네 엄마를 서울에 데려다 놓았는데, 뭐 그렇고 그런 사이가 되었겠지. 그런데 당시 건설업을 시작하려고 설치던 윤규섭이 네 엄마를 또 몰래 건드렸던 게지. 그 와중에 네가 덜컥 들어선 거고. 어린 나이였지만 네 엄마 오인숙이 보통은 아니었나 봐. 누구 씨인 줄도 모르는 상황에서 유 의원을 좋아했던 네 엄마는 무조건 아이를 가졌다며 낳겠다고 우겼어. 하지만 도덕적이고 청렴한 젊은 엘리트 이미지로 정치 인생을 시작한 야심찬 유 의원이 그걸 허락할 리 없었지. 네 엄마를 달래다가 안 먹히니까…… 또 앙숙인 유 의원에게 지기 싫어하는 윤 회장도 네 엄마를 갖고 놀다가…… 두 사람에게 네 엄마는 눈엣가시 같은 존재였겠지. 거참, 내 입으로 말하기도 그렇고…… 그만하련다."

조두식이 다시 술을 한 모금 마셨다. 그가 술을 마시다가 유미를 쳐다보더니 다가갔다.

"그래, 내 입으로 말하는 것보다 네가 궁금해하는 걸 대답하는 게 낫겠다."

그가 유미의 입에 물린 수건을 빼 줬다. 유미는 입이 얼어붙은 듯 한동안 거친 숨만 몰아쉬었다.

"어이구, 얘 긴장한 것 좀 봐. 불쌍한 것. 너도 술 한 모금 주랴?"

조두식이 다가와 유미의 입에 양주를 병째로 부었다. 절반은 입가로 흘러내리고 절반은 목구멍으로 흘러들어 갔다. 목젖이 불붙은 도화선처럼 타들어 가는 듯했다. 금방 온몸이 폭발할 것 같은 긴장과 불안으로 유미는 몸을 떨었다. 그래도 술이 들어가니 마음이 좀 누그러졌다.

"궁금한 거 물어봐라."

머릿속은 지진이 난 것처럼 뒤죽박죽이었지만, 유미는 정신 줄을 놓지 않으려 애썼다.

"무슨 일을 꾸민 건가요?"

"그때부터 나와 그 사람들의 인연이 시작됐다고 할 수 있지. 두 사람은 다 나를 필요로 했으니까. 네 엄마와의 인연도 그때 시작되었고. 나보고 네 엄마를 처리해 달라 그랬다."

"처리요? 죽이라고 했나요? 누가요?"

"아, 그건 네 엄마 일기장에 나오는데, 내 입으로 말하긴 그렇다. 난 어쨌든 네 엄마를 살렸다. 결국 그 두 놈들은 어떤 놈이든 둘 다 네 엄마를 죽이거나 최소한 짓이기고 파멸시키길 원했지. 자신들이 살기 위해서 말이야. 둘 다 나쁜 놈들이야. 하지만 어찌 보면 두 사람보다 더 나쁜 놈은 조두식이고, 그보다 더 나쁜 놈, 아니 년은 오인숙인지 모른다."

조두식이 이죽거리며 자조적인 웃음을 지었다.

"엄마를 모욕하지 말아요. 짐승 같은 놈들!"

유미가 몸을 부르르 떨며 말을 뱉어 냈다. 자신들의 출세와 명예를 위해서 아이를 가진 엄마를 철저하게 버리고 부인한 인간들에게 혐오감이 들었다.

"그래, 사내놈들은 짐승이야. 그런데 대가리 굴려 봤자 애 가진 기집한테는 못 당하지. 특히나 잃을 게 많은 놈들은."

"엄마는 왜 죽었어요? 아저씨는 엄마의 마지막을 알고 있잖아요."

"넌 항상 나를 의심하는데, 네 엄마는 누가 뭐래도 자살한 거야. 네 엄마는 나랑 살면서도 간혹 유병수를 만나곤 했다. 나도 네 엄마를 무지 좋아했는데 말이야. 난 두 사람 하는 짓이 가증스러웠다."

그러고 보니 유미의 결혼식 때 유 의원이 엄마와 식장에서 인사를 나눴던 게 생각났다. 그럼 엄마는 그때까지 유 의원을 만나고 있었던 걸까?

"그날 부부 싸움을 했는데……."

조두식이 그날을 떠올리듯 양미간에 주름을 세웠다.

"그 무렵, 내가 몇 달 외유하다 돌아오니 그새 유병수와 붙은 것 같더란 말이야. 내가 추궁했지. 그랬더니 눈을 까뒤집으며 유병수를 사랑한다나 어쩐다나 하면서 천사처럼 떠받들고 나를 아주 더러운 벌레처럼 무시하길래 몇 대 쳤지. 잠깐 이성을 잃고는 죽으려고 했어."

엄마가 목을 매달았지만 목에 희미하게 손자국이 있었다는 말을 이모에게 들은 적이 있다.

"그래서 아저씨가 엄마를 목 졸라 죽였나요?"

유미가 다그쳐 물었다. 갑자기 조두식의 손이 뺨으로 날아왔다. 불이 번쩍 일었다.

"넌 늘 나를 살인범으로 생각하고 있지? 네 마음을 모를 줄 아냐! 넌 네 어미와 마찬가지로 날 벌레 취급했어. 아주 조그만 계집애 때부터. 지금도 마찬가지고. 열 받을 때마다 마음 같아서는 너를 그냥 확!"

조두식이 으르렁거렸다. 유미는 확인하고 싶었다.

"그럼 혹시 아저씨가……?"

조두식은 그 물음에는 아무 대답을 하지 않았다.

"그럼 진실을 밝히세요. 프랑스에서 나를 죽이려 했던 사람은 누구죠?"

유미가 다시 캐묻자, 그는 한숨을 훅 내쉬더니 말을 이어 갔다.

"너 진실 좋아하지 마라. 진실, 흥! 아까도 얘기했지만 진실은 더럽고 추악한 거야. 네 엄마에게 결국 진실을 말해 줬다. 그랬는데 울고 있던 네 엄마가 내가 잠든 틈을 타서 화장실에 가 목을 맨 거지. 그때 네 엄마 상태가 최악이었거든. 염세적인 데다가 우울증에다가. 진실이라는 게 이렇게 사람을 죽이기도 하는 거다. 진실은 잘 다뤄야 해. 그거 아주 독극물 같은 거거든."

"엄마에게 말한 진실이 도대체 뭔데요?"

유미가 물었다. 그때 갑자기 문이 열리더니 누군가가 들어왔다. 건장한 젊은 남자 두 사람이었다. 그중에 대장 격으로 보이는 호리호리한 남자에게 조두식이 소리를 질렀다.

"야, 왜 이리 늦었냐? 쟨 누구야? 쟤 달고 오느라 늦은 거냐? 너 빨리 안 와서 이거 뭐 청문회도 아니고, 얘한테 내가 들입다 시달렸잖냐. 술 갖고 왔지?"

그러나 남자는 싸늘한 표정으로 가타부타 말이 없었다.

"뭐야? 씹쌔야. 안 가져왔냐?"

조두식이 흐느적거리는 걸음으로 다가가자 갑자기 그 남자가 조두식에게 주먹을 날렸다.

"이 새끼가 미쳤나?"

술에 취한 조두식은 나가떨어졌지만 기민한 동작으로 남자에게 달려들었다. 하지만 남자가 돌려 차기로 킥을 날리자 조두식은 다시 쓰러졌다. 그는 쓰러진 조두식의 등을 구둣발로 밟고 있었다. 그러자 덩치 큰 젊은 남자가 상의에서 칼을 뽑아 들었다. 유미가 칼날에서 반사되는 섬뜩한 빛을 보고 저도 모르게 소리를 질렀다. 소리는 온전히 나오지 않아 쥐어짜는 듯 목구멍을 통과했다. 혼란 속에서도 저 칼이 곧 자신의 목으로 다가올지 모른다는 생각이 들었다. 아, 여기서 인생을 끝낼 순 없어. 믿을 수 없지만 상황은 최악으로 치닫고 있는 듯했다.

칼을 든 남자가 호리호리한 남자를 바라보자 그 남자는 턱으로 조두식을 가리켰다. 남자가 다가가 조두식의 목에 칼을 겨눴다.

"야, 니들 뭐야! 미쳤냐?"

조두식의 외침에 호리호리한 남자가 조두식의 손을 묶고 의자에 앉히고는 의자 뒤로 결박해 버렸다. 그리고 구둣발로 조두식을 다시 걸어찼다. 조두식의 입에서 피가 흘러나왔다.

"입 다물고 있어! 너도 오늘 제삿날이야."

조두식이 피범벅된 침을 내뱉으며 호리호리한 남자를 노려보았다. 남자가 말했다.

"넌 너무 많은 걸 알고 있기 때문이지. 저년을 처치하면 너도 이제 가치가 없지. 재활용도 안 되고 말이야."

조두식이 이를 갈았다.

"윤규섭! 이 악마 같은 놈!"

"야, 저 새끼 좀 조용히 시켜."

그러자 덩치 큰 남자가 조두식의 입을 주먹으로 가격했다. 피를 뿜던 조두식은 술에 곯아떨어진 사람처럼 힘없이 고개를 떨어트렸다.

두 남자가 이번에는 유미에게 돌아섰다. 유미는 저도 모르게 목구멍에서 이상한 신음 소리를 냈다. 호리호리한 남자가 빙글빙글 웃으며 유미에게 다가왔다.

"바로 처리하긴 아까운데?"

유미가 겨우 비명을 지르자 남자가 유미의 턱을 손으로 잡고 들어 올리며 윽박질렀다.

"조용히 못 해! 입에다 뭘 물려 줄까?"

남자가 느물거리며 바지 지퍼를 내리자 유미가 그를 향해 침을 뱉었다. 그러자 그가 유미의 뺨을 때리며 식탁 위에 있던 수건을 유미 입에 물리고 테이프로 봉했다. 그리고 헝겊으로 눈을 가렸다. 누군가 유미의 목에 칼을 댔다. 섬뜩하고 날카로운 촉감이 목에 선연하게 느껴졌다. 유미의 몸이 부르르 떨려 왔다.

　아, 이렇게 죽는구나. 유미의 인생이 파노라마처럼 흘러갔다. 짧은 순간, 아등바등 살아왔던 인생이 영화의 한 장면처럼 흐르고 난 뒤 엔딩 크레디트가 올라가듯 파국을 향한 체념과 허무감이 밀려왔다. 차라리 죽어 버리면 편안해질까? 갑자기 병 속의 새 한 마리가 떠올랐다. 병을 깨뜨리지도 못하고 자유롭게 빠져나갈 수도 없는 인생이 죽음을 통과하면 새처럼 한없이 자유로워질 것도 같았다. 유미는 병 속의 흰 새 한 마리가 병의 입구를 빠져나가 자유롭게 창공을 나는 모습을 그려 보았다. 그러자 눈에서 뜨거운 눈물이 흘러내리는 게 느껴졌다. 엄마의 얼굴이 떠올랐다. 설희의 얼굴도 떠올랐다.

　"야, 칼 치워라. 오늘 왠지 피 보고 싶지 않다. 나도 낼모레면 애가 세상에 나와 아빠가 되는데."

　남자의 목소리가 들리더니 목에서 칼날의 촉감이 사라졌다. 또 다른 사내가 물었다.

　"그럼……?"

　"어쨌든 완벽하게 처리하면 되지. 손에 피 묻히기도 싫고. 차에 휘발유 통 있지?"

　"아, 예."

　"여기 증거도 없앨 겸…… 무슨 말인지 알겠냐?"

　"아, 예."

　"그럼 이것부터 먼저 실시해."

남자의 명령으로 덩치 큰 남자가 잠시 사이를 두고 무언가를 찾는 듯했다.

이번에는 칼 대신 목에 차가운 넥타이 같은 게 감겨 왔다. 아, 결국…… 이렇게 목이 졸려 죽게 되는구나.

그때 갑자기 우당탕탕 소리가 나더니 사람들이 우르르 들어오는 소리가 들렸다.

"꼼짝 마라! 경찰이다!"

분명히 누군가 그렇게 외치는 소리를 들은 것 같았다. 그때 유미 곁에서 픽 하는 소리가 나더니 바람이 획 지나가며 고목이 바닥으로 쓰러지는 소리가 들렸다. 동시에 목을 감은 줄이 풀어지면서 갑자기 목이 허전해졌다. 순간, 살았다란 생각이 들며 유미는 정신을 놓았다.

다시 정신이 돌아온 듯했다. 누군가가 다가와 묶인 몸을 풀어 주고 있었다. 그리고 재갈과 눈의 헝겊을 벗겨 내 주었다. 몸싸움을 했는지 실내는 집기들이 모두 무너져 엉망이었지만 사태는 이미 평정이 되었는지 조용했다. 유미는 눈이 부신 듯, 멍하니 꿈속 같은 현실로 돌아와 실내를 바라보았다. 조두식도 아까의 두 남자들도 보이지 않았다. 경찰인 듯한 낯선 사내들의 얼굴이 보였다. 그리고 눈앞에 수익의 얼굴이 보였다. 그는 유미를 보며 아무 말 없이 웃고 있었다. 수익의 그 미소가 너무 비현실적으로 환하고, 또 고마워서 유미는 저도 모르게 수익의 품으로 무너졌다. 유미의 떨리는 몸을 수익이 꼭 껴안고 말했다.

"괜찮아요, 괜찮아. 이제 괜찮아. 다 끝났어."

유미의 굳은 몸에서 가느다란 연기가 빠져나오듯 속울음이 겨우 터져 나오려 했다.

"다친 데는 없습니까? 큰일 날 뻔했어요. 차로 가시죠."

경찰로 보이는 사내가 말했다.

"어떻게 된 거예요?"

유미가 겨우 말문을 열어 물었다.

"오랫동안 추적이 쉽지 않았던 마약 밀매와 청부 폭력 조직을 검거했어요. 새끼들 질이 아주 안 좋아요."

사내가 말했다. 수익이 유미를 부축했다.

"어떻게 된 거야? 수익 씨는 괜찮은 거야?"

수익이 고개를 끄덕였다. 유미가 수익의 귀에 속삭였다.

"고마워, 날 구해 줘서."

"유미 씨, 이제 걱정 마."

수익이 다시 유미의 어깨를 감쌌다. 유미가 떨리는 발걸음을 떼려 하는데 무언가가 발길에 툭 차였다. 그건 엄마의 낡은 일기장이었다. 조두식이 건네주었지만 겨우 첫 페이지만 읽었던…… 유미는 떨리는 손으로 그것을 집어 들었다.

비밀의 기원

　새벽 예불을 마치고 아침 공양이 끝나자 유미는 요사채로 돌아왔다. 넋을 놓고 멍하니 장지문에 어리는 소나무 그림자를 바라보고 있는데 정효 스님이 부른다는 전갈이 왔다. 유미는 어제부터 정효의 조언대로 짐을 싸서 절을 떠나려고 마음먹었다. 정효의 방에 들어가자 그는 차를 준비하고 있었다.

　"그동안 고마웠어. 정효 스님 있는 곳이 내 마음의 고향이야. 여기서 마음의 위로와 평안을 많이 얻고 가. 그래도 떠날 사람은 떠나야겠지."

　"생각 잘했다. 여기도 네가 있을 곳은 못 된다. 짐은 다 쌌니?"

　"짐이라고 할 게 뭐 있어?"

　"그래, 인생이 공수래공수거이긴 하지만……."

　"인간 세상이 무서워. 사실은 돌아가고 싶지 않아."

　"넌 아마 여기에서도 못 살걸. 모든 게 다 업보라 생각하고 세상에서 풀어라."

정효는 유미의 잔에 찻물을 따라 주며 애틋한 시선을 거두었다. 정효가 머무는 작은 절에 유미가 온 지도 한 달이 되었다. 끔찍한 일을 겪고 심신은 공황 상태가 되었다. 세상의 모든 일이 허무하고 모든 인간관계가 불신과 의혹으로 가득 차서 하루하루 사는 게 무의미하고 고통스러웠다.

"그 사람을 어떻게 용서해야 할지 모르겠어."

유미가 겨우 짜내듯 말을 꺼냈다.

"나무 관세음보살……."

"어떻게 그럴 수 있는 거지? 인간이 그렇게 사악할 수 있는 거야?"

"너 또한 그 나무의 뿌리에서 이어져 온 가지이니 너무 원망하지 마라."

"내가 겨우 그런 뿌리에서 나온 가지라니. 내 존재가, 내 인생이 정말 역겨워. 인간이 아니라 내 몸에 더러운 짐승의 피가 흐르는 거 같아. 내 몸뚱이도 싫어."

유미가 고개를 흔들었다.

"그렇게 자책하지 마라. 다 불쌍한 존재다. 연민지심을 가져라."

"설사 자신도 모르게 그랬다손 쳐도…… 어떻게 이럴 수가 있는 거지?"

"시간이 흐르면 괜찮아지지 않겠니? 또한 부처님의 가피로 네 마음이 곧 평안해질 거다. 참, 너를 데려가겠다고 좀 전에 산문(山門) 밖에 차가 도착해 있다."

"누구?"

"재형이, 고재형."

"고재형?"

"사람 인연도 참! 그 친구 예전에 내가 계를 받을 때 함께 절에서 공부했던 친군데, 결국 오래지 않아 속세로 바로 나가 버렸지. 머리도 비상하고 특별한 인물이었는데."

"누구지?"

"너랑 잘 안다고 하더라. 얼마 전에 날 한 번 찾아왔더라."

"그럼······!"

고수익의 본명이 고재형? 조두식이 알고 있던 이름도 고수익이 아니라 고재형이었나?

"근데 그걸 왜 내게 얘기 안 했어?"

유미가 발끈했다.

"만날 인연은 만나는 거니까."

정효가 빙그레 웃고는 입을 다물었다.

유미는 간단하게 짐을 꾸려 정효와 작별하고 산문을 나왔다. 절 밑의 작은 주차장에서 고수익이 차의 보닛에 비스듬히 기대 서 있었다. 팔짱을 끼고 웃고 있는 그의 어깨에 붉은 단풍잎이 한 잎 떨어져 있었다.

"웬일이야?"

"정효 스님이 어제 연락했더라고. 절간에서 오히려 시름이 깊어 가니 데려가라고. 아닌 게 아니라 얼굴이 많이 상했네."

"고수익이 아니라 고재형이 본명이야? 양파 같은 인간이라 하더니 어디까지가 진짜야?"

"일단 타셔."

수익이 유미의 짐을 받아 들고 차 문을 열어 주며 웃었다.

유미가 차에 오르자 고수익, 아니 고재형이 차를 출발시켰다. 뒤를 돌아보니 정효 스님이 일주문 밖에 나와 합장하고 서 있는 게 보였다. 유미는 차 문을 내리고 고개를 돌려 합장하곤 손을 흔들어 주었다. 그의 모습이 멀어지면서 차는 사하촌을 지나 국도로 들어섰다. 어쨌든 다시 세상으로 들어가고 있었다.

"고수익은 도대체 누구야?"

유미가 물었다.

"뭐, 예명 같은 거라 해 두지. 특히 오유미와 작업할 때 썼던…… 이름이 뭐 중요해. 내게 이름은 액세서리처럼 여러 개인걸. 나라는 놈의 실체가 중요하지."

"그럼, 자기의 실체는?"

"이제부터는 오유미의 진실남."

서울로 돌아와 유미는 곁에 머무르고 싶어 하는 수익을 돌려보냈다. 예전 같으면 이 고통과 외로움을 섹스의 쾌락으로 잠시라도 잊어 보려고 안간힘을 썼을 것이다. 홀로 있는 고적함과 외로움이 서늘한 두려움을 안겨 주었지만, 유미는 다시 엄마의 일기장을 읽어 내려갔다. 자세히 보면 몇 군데는 페이지가 교묘하게 찢어져 있는 걸 알 수 있었다. 엄마의 일기장은 많은 것을 알려 주었지만, 엄마 또한 모르는 게 있었다. 두꺼운 일기장에 기록된 엄마의 글 중에 잊히지 않는 부분이 있다. 유미는 엄마를 이해하려고 엄마의 심정이 되어 그 부분들을 다시 읽었다. 그리고 한 달여 전, 어느 순간 어떤 의혹이, 아니 어떤 확신이 화살처럼 가슴을 뚫었던 그 시간을 돌아보았다.

1972년 12월 19일

겉으로는 윤 사장과 유 의원이 형님, 아우 하는 사이지만 나는 두 사람이 얼마나 서로를 미워하는지 안다. 특히 윤 사장이…… 나 또한 윤 사장이 밉다. 유 의원이 나를 좋아하는 것을 눈치채고는 내게 강탈하듯 그 짓을 한 나쁜 인간. 그는 유 의원이 나를 좋아한다는 것을 알고는 나를 먼저 가져 버리고 싶었다고 했다. 윤규섭은 뭐든 유병수에게 뺏기고 지고는 못 산다고 했다. 나는 유 의원과 아무 육체적인 관계가 없다고 윤규섭에게 거짓말을 했지만 엄연히 내 첫사랑은 유병수다. 어쩌다 나는 이렇게 두 남자 사이에 낀 이상한 신세가 되었을까.

1973년 1월 8일

이상하다. 한동안 유 의원이나 윤 사장이나 너무도 조용하다. 곧 국회의원 총선거가 실시된다고 한다. 유 의원은 바쁘다며 더 이상 나를 만나 주지도 않는다. 유 의원이야 그렇다 치더라도 윤 사장도 사무실에 보이지 않는다. 내가 속은 걸까? 아아, 사랑하는 사람에게서 버림받는다면? 아아, 끔찍해. 아무도 모르는 서울에 홀로 내팽개쳐지다니. 내 꿈은? 내 미래는? 내가 두 사람의 성적 노리개밖에 안 되는 걸까? 그래도 나를 이렇게 쓰레기 취급하면 안 되지. 그러면 이 오인숙이가 가만있지 않아.

1973년 1월 11일

임신을 했다고 하자 유 의원이 내게 말했다. 나를 운명의 여자로 믿고 사랑하지만 조금만 참아 달라고. 지금은 시기가 좋지 않다고. 당선이 지금은 절대의 목표라고. 사랑하는 남자의 앞길을 가로막지 말라고. 나를 버리지 않겠다고. 아이는 좋은 타이밍에 또 가질 수 있다고. 그는 물기 어린 눈으로 나를 바라보며 말했다.

1973년 1월 13일

윤규섭은 내가 아이를 가졌다고 하자 금고를 열어 노가다들에게 일당을 지급할 돈 중에서 몇 푼 집어 던지며 아이를 떼라고 했다. 그는 내게 아이까지 만들며 복잡하게 얽히기 싫다고 노골적으로 화를 냈다. 자기가 원한 건 사랑이 아니라고. 미친년, 정신 차리라고.

1973년 1월 17일

아아, 죽고 싶다. 차라리 죽어 버렸으면……. 더 이상 쓰고 싶지 않다. 산다면 평생 이날을 죽어도 잊지 못할 것이다.

1973년 3월 5일

여기가 어딘지도 모르겠다. 1월 17일에 깡패 양아치 같은 그놈이 나를 밤길에 납치해 이곳에 가두고 주야장천 그 짓만 한 게 한 달이 넘었다. 내 몸은 이제 내 것이 아닌 것 같다. 내가 저항을 할 때마다 겁을 준다. 섬이나 술집에 팔아넘겨 평생 바깥에 못 나오게 하거나 쥐도 새도 모르게 죽여 버리겠다고. 내 목숨과 몸이 이제 그의 손에 달려 있다며, 너는 이제 여자로서 인생 종 쳤으니 대신 자기를 남편으로 모시고 살라고 한다. 내 고향 부산에 데려다 주면 그러겠다고 말했다. 살아서 고향에 갈 수만 있다면, 이 인간 말종 같은 조가 놈과 살면 또 어떠랴. 아아, 모르겠다. 그냥 죽어 버렸으면…….

이 무렵의 일기에서 조두식이 처음 언급되었다. 하지만 그와의 악연은 이미 1973년 1월 17일 시작되었다. 엄마의 인생에서 그해 1월은 잔인한 달이었다.

유미는 엄마의 일기를 읽으며 아버지에 대해 다시 생각해 보았다. 어쨌거나 유미는 그해 1월, 잔인한 달에 잉태되었을 것이다. 엄마는 유미가 누구의 아이인지 알고 있었을까? 유전자 테스트 결과, 윤규섭과 유병수가 자신의 친부가 아니라는 사실을 알고 있는 유미에게는 그것이 너무도 궁금했다. 일기에는 그런 진실이 나와 있지 않았다. 엄마는 정말 누구의 씨인지 모를 임신을 했던 걸까? 다만 일기에서는, 엄마가 유병수와 윤규섭에게 임신 사실을 알렸다고 했다. 그런데 유전자 검사에서 유병수와 윤규섭은 친부가 아니라고 나오지 않았던가. 그러다 어느 순간, 온몸에 소름이 돋고 머리칼이 섰다. 그렇다면…… 엄마는 쇼를 하고 있었던 걸까? 남아 있는 한 가지 진실이 유미를 혼란과 충격에 빠뜨렸다. 그렇다면 마지막 카드는? 인정하고 싶지 않지만 조두식이 아버지? 어떡하든 유전자를 확인하고 싶었다.

경찰의 도움으로 마침내 조두식의 유전자 샘플과 자신의 유전자 샘플이 일치하여 그가 친부임을 증명하는 결과를 받아 들었을 때의 충격을 떠올렸다. 어떤 공포 영화보다, 어떤 스릴러소설보다 더 무서운 결말이었다. 예상치 못한 결말이기에 더 무서웠다. 아니, 상상하기도 싫은 결말이라 더 끔찍했다. 의붓아버지 조두식이 친아버지라니. 유미는 결코 받아들이고 싶지 않았다. 자신의 피가 저주스러웠다. 그 길로 유미는 정효 스님에게로 달려가 속세를 등지고 산속에서 살겠다고 했던 것이다.

이 잉태의 비밀을 엄마가 알고 있었을까? 조두식은 정말 모르고 있었을까? 오직 신만이 알고 있었을까? 엄마의 일기는 그 부분에서 친절하지 않았다. 다만 엄마 스스로 유미가 유 의원의 딸이라고 애써 믿고 싶었던 걸까?

1974년 2월 27일

오늘 지난 백일 때 찍은 아이의 백일 사진을 유 의원에게 보냈다. 작년 이맘때 총선에서 당선된 그는 여전히 내가 자신의 앞길을 방해한다고 생각할까? 아이는 유 의원을 많이 닮은 것 같다. 어쨌든 나는 아이를 보란 듯이 잘 키울 거다.

1974년 4월 15일

부산에 땅을 사러 왔다며 윤규섭이 찾아왔다. 아이를 보여 주기 위해 업고 나갔더니 아이를 유심히 보았다. 아이의 가마가 쌍가마라며 쌍가마는 우리 집안의 내력인데, 라며 중얼거렸다.

1974년 5월 10일

윤규섭이 자투리땅을 줄 테니 아이 일은 어떤 일이 있어도 거론하지 말라는 각서를 쓰게 했다.

1982년 7월 25일

아이가 조두식을 너무도 싫어한다. 그래도 가끔은 난 그가 없는 것보다는 낫다고 생각한다. 조두식은 야비하지만 머리가 좋다. 그가 가끔 내 귀에 속삭인다. 복수란 단어를.

일기 글에서 단서를 찾으려 해도 엄마가 조두식을 유미의 아버지라 믿거나 언급한 부분은 전혀 나오지 않았다. 이제 엄마는 이 세상 사람이 아니고, 조두식은 감방에서 또 얼마간 썩어야겠지만 유미는 이 저주스러운 천륜을 언젠가는 조두식에게 알려야 한다고 생각한다. 그의 반응은 어떨까? 설마 유미가 자기 친딸일 줄은 꿈에도 몰랐겠지. 그러지 않고서야 어떻게 끝내 그렇게 야비하고 잔인할 수 있었겠는가. 오이디푸스의 운명도 아니고 이 무슨 기막힌 부녀 관계인가.

하지만 또 다른 영상이 며칠간 유미의 뇌리에 떠올랐다. 언젠가 조두식이 유미 집에 와서 유미가 차려 준 고등어찌개를 먹으며 너 같은 딸이라도 하나 있으면 좋겠다고 쓸쓸히 말한 적이 있다. 헤어질 때는 유미를 안고 등을 토닥여 주기까지 했다. 그때 유미는 왠지 그의 손이 참 따뜻하다고, 뜬금없는 생각을 한 적이 있다. 그러며 늙어 가는 그가 처음으로 잠깐 안쓰럽다는 느낌이 들었던 것이다. 짐승도 아닌 인간이니 그도 천륜의 느낌이 있었을 텐데…… 그런 것이었을까? 언젠가는 조두식에게 천륜임을 고백할 그런 날이 올까? 유미 스스로가 죽을 때까지 인정하고 싶지 않은 사실이다.

하지만 그런 날은 예상보다 빨리 왔다. 조두식과 면회가 가능하게 되었을 때 유미는 유전자 검사 결과지를 들고 그를 만나기로 했다.

구치소 면회실에서 조두식을 만났을 때 그는 초췌해 보였다. 흰 머리가 섞인 머리칼과 수염이 제멋대로 자란 늙고 초라한 사내. 유미는 말없이 그를 바라보았다. 조두식은 멋쩍어서인지 히죽거리며 입가에 웃음을 물고 있었다.

"뭐하러 오냐? 쪽팔리게."

"왜 그러신 거예요? 제게 왜 그러신 거예요?"

뜬금없이 유미의 첫마디가 그렇게 나오자 그는 유미에게서 눈길을 거두더니 말했다.

"미안하다."

한동안 아무 말도 없이 시간이 흘러갔다. 유미가 결심한 듯 물었다.

"정말로 모르셨어요? 짐승도 아니고 정말로 모르셨던 거예요?"

유미가 재차 묻자 조두식이 눈을 들어 무슨 뜻이냐고 묻는 듯했다.

"내가 당신 딸이라는 거 정말 몰랐느냐고요!"

"무슨 소리냐?"

유미가 핸드백에서 서류를 꺼내 펼치며 물었다.

"믿을 수는 없지만 당신이 내 친아버지라는 거……."

유미는 감정을 자제하기 위해 말끝을 흐리며 입술을 앙다물었다. 순식간에 조두식의 얼굴이 굳어졌다.

"난 당신을 아버지라 받아들이지 않을 거야. 영원히 용서할 수 없어. 아버지라 부르지 않을 거야."

유미가 천천히 고개를 흔들며 완강히 말했다. 조두식의 눈이 점점 커졌다. 고개를 세차게 흔들던 그가 갑자기 벌떡 일어나 짐승처럼 포효하며 날뛰었다. 그 통에 그가 끌려 나가 면회는 중단되고 유미는 면회실을 나올 수밖에 없었다.

*

조두식은 감방으로 돌아와 밤새 잠을 이루지 못했다. 현실이 믿기지 않았다. 지나간 자신의 생이 마치 악몽처럼 펼쳐졌다. 힘센 인간들이 판치는 약육강식의 정글에서 살아남기 위해 온갖 술수를 일삼으며 살아왔다. 비록 자신은 남들에게 짐승만도 못한 놈이라고 손가락질 받았지만 조두식은 그들이야말로 짐승만도 못한 인간이라 생각했다. 그의 마음속엔 악에는 악으로 대할 뿐이라는 신조가 있었다. 그런데 자신은 도대체 누구를 상대로 응징하고 복수를 했단 말인가. 정글에서 공격을 한 상대가 제 새끼인 줄도 몰랐던 어리석고 비정한 수컷의 분노와 비애가 잠간 가슴을 찔렀다. 평생 제 등지에 알을 까지도 제 새끼를 보호하지도 못하는 비참한 뻐꾸기가 바로 자기 자신 아닌가.

유미가 자신의 씨라니! 그는 다시 한 번 진저리를 쳤다. 이 무슨 운명의 장난이란 말인가. 그것이 아니라면, 이 무슨 인간 수컷의 우스꽝스러운 어리석음이란 말인가. 자신뿐만이 아니다. 유병수와 윤규섭은 또 어떤가. 차라리 윤규섭은 순진하다고나 할까. 유병수야말로 양과 늑대의 가면을 쓴 이중적이고 위선적인 인간이다. 병 주고 약 주는 가증스러운 인간. 끝까지 오인숙을 농락하고 죽게 하지 않았는가. 조두식은 옛 생각에 빠져들었다.

40년 전, 유병수를 처음 만났다. 그는 초선 국회의원이었으며 정치적 야심이 대단했다. 당시 총선을 앞둔 시점에서 그를 은밀하게 만났다. 그는 대대로 권세 있는 집안의 장남이었고, 핵심적인 권력자에게 총애를 받는 젊은 정치인이었다. 게다가 잘생기고 훤한 외모에다 절도 있으면서도 온화한 성품으로 여성 유권자들의 표심을 흔드는 인물이었다. 그가 어린 여자의 사진 한 장과 신상을 건네주며 쥐도 새도 모르게 은밀하게 처리하라고 지시했다. 정치 깡패였던 자신이 처리해야 할 인물이 겨우 솜털이 보송한 어린 여자라는 게 의외였다. 총선을 앞두고 유병수의 정치적 생명과 도덕성에 치명적 비수를 날릴 치정 관계라는 직감이 들었다.

디데이, 조두식은 밤이 이슥해서 집으로 귀가하는 그 여자를 납치해 차에 싣고 모처로 데려왔다. 그날 처음으로 오인숙을 만나게 된 조두식은 참으로 묘한 감정을 느꼈다. 그녀를 처리해야 하는데 이상하게 망설여졌다. 단숨에 숨통을 끊어 버려야 하는데 그러지를 못했다. 그녀가 예뻤기 때문만은 아니었다. 그녀와 오래 인연을 이어 가게 될 것 같은 느낌을 받았다. 그녀는 자꾸 그의 마음속에 누군가를 떠올리게 했다. 그녀에게서 함께 이북에서 손잡고 내려오다 고생만 잔뜩 하고 피란길에서 폭격에 맞아 죽은 누이의 모습을 떠올리는 자신을 발견했다. 전쟁고아인 그에게는 영원히 잊히지 않을 한 점 혈육의 애틋한 모습이었다. 그녀와 이야기를 나누다 보니 그녀 또한 이북 출신이었다. 그녀 또한 전쟁 통에 맏언니와 함께 살아남은 고아라고 했다. 유부남의 아이를 가졌는데 버림받아서 슬프고 살고 싶지 않다고 했다. 가난하고 힘없는 여자를 유 의원이 농락하고 흔적을 없애려는 게 분명했다. 조두식은 곧바로 유병수에게 거짓 보고를 했다. 그녀를 처치했다고.

여자를 갖고 싶었다. 조두식은 그때까지 여자란 그저 배설의 통로라고만 여겨 왔다. 화류계 여자 말고 이렇게 순진하고 어린 여자가 그의 마음을 끈 적은 없었다. 그녀를 죽이는 대신 총선 기간 동안 여자를 꼭꼭 숨겨 놓았다. 그동안 그녀를 마음껏 강탈했다. 다행히 유병수는 어떤 난관도 없이 무사히 재선에 성공했다.

선거가 끝나자 조두식은 오인숙에게 아이를 지우고 함께 살자고 제안했다. 하지만 오인숙은 완강했다. 자신은 그 남자를 믿고 사랑하고 있으며 그의 아이를 낳아서 혼자서라도 키우겠다고 고집했다. 그때만큼 오인숙이 미운 적이 없었다. 남의 씨를 배고 있는 여자를 사랑하는 자신의 처지가 화가 났다. 그럴수록 조두식은 오인숙을 폭행하고 강간하기를 멈추지 않았다.

그녀는 부산의 언니 집으로 다시 내려가 조용히 지내며 아이를 낳았다. 들리는 말로 아이는 딸이라고 했다. 아이의 백일 무렵, 유병수가 다시 그를 불렀다. 그는 오인숙이 보낸 편지와 아이의 백일 사진을 앞에 놓고 노발대발했다. 네가 죽인 오인숙이 어떻게 살아서 아이를 낳을 수 있느냐고 길길이 날뛰었다. 그때 조두식은 무릎을 꿇고서 죽이려고 물에 빠뜨린 그 여자가 어떻게 살아났는지 자신도 알 수 없다고 머리를 조아렸다. 그리고 평생 그녀가 유 의원에게 친권이나 기타 재산권을 주장하지 못하도록 하겠다고 단단히 약조했다. 자신이 평생 그녀를 관리하겠다고 나섰다. 만약 또다시 분란의 소지가 될 경우, 유 의원이 원하는 때 언제든지 예전에 못다한 책임을 지고 처리하겠다고도 다짐했다. 유 의원과는 그 선에서 문제를 일단락 지었다. 그는 하늘을 나는 새도 떨어뜨리는 권력의 최중심에 있었다. 자칫 조두식의 목숨도 위험에 처할 수 있었다. 그때부터 조두식은 오인숙에게 뿌리를 내리고 그녀의 남자로 자처했다. 다른 놈의 새끼를 오인숙이 끼고 돌 때마다 제 안의 분노와 자격지심을 달래기는 쉽지 않았다.

윤규섭을 만난 것은 1970년대 건설 경기가 대대적으로 시작될 무렵이었다. 그의 조직은 철거 반원들과도 밀접한 관계에 있었기 때문에 당시 노가다 출신으로 깡이 세기로 유명한 윤규섭과도 닿아 있었다. 윤규섭은 권력의 실세인 유병수 의원을 집안의 형님뻘로 내세우며 자랑하곤 했다. 그 무렵, 조두식은 오인숙과 동거하며 기둥서방처럼 그녀가 가진 것을 장악하고 착취하고 있었다.

어느 날 우연히 본 오인숙의 일기장에서 윤규섭과 유 의원이 한때 오인숙과 연결된 적이 있음을 알게 되었다. 오인숙이 임신했을 때 윤규섭에게도 가서 임신 사실을 알렸던 걸 보면 어쩌면 아이가 윤규섭의 씨일지도 모른다는 생각이 들었다. 오인숙이 낳은 계집 애는 엄마를 빼다 박아 어디서나 눈에 띌 정도로 예뻤다. 그 아이 가 유 의원의 씨인지 윤규섭의 씨인지 아이의 얼굴을 보고는 알 수 없었다. 그게 무슨 대수랴. 오인숙에게 물어도 그녀는 침묵을 지킬 뿐이었다. 다만 오인숙은 윤규섭이라면 상스럽고 비천하며 돈에만 눈이 어두운 짐승 같은 놈이라며 비웃었다. 윤규섭의 집안이 유병 수의 집에서 종살이를 했던 과거를 유병수에게 들은 적이 있다고 했다.

그러나 돈 많은 상인의 딸을 배필로 얻어 밑천을 마련하여 시작 한 유병수의 사업은 건설 경기의 호재로 불붙듯이 번성했다. 윤규 섭은 오인숙의 아이를 자신의 아이로 굳게 믿는 눈치였다. 그걸 빌 미로 돈을 좀 뜯는 것은 일도 아니었다. 그는 아주 쩨쩨한 인간이긴 했지만 마치 작은 화수분 같았다. 조두식은 몰래 오인숙의 일기의 어느 페이지를 발췌, 복사해서 협박했다. 오인숙도 은연중에 동의했 다. 나중에는 돈이 필요할 때마다 오인숙도 함께 공모했다. 아이의 사진을 보내거나 오인숙이 협박 편지를 쓰거나 했다. 그때쯤 윤규 섭은 후회하는 듯했다. 애초에 호미로 막았으면 될 일을 가래로도 막을 수 없게 되었기 때문이다. 그러나 일은 수습하기에는 너무 벌 어져 있었다.

유병수는 아이의 출생 이후 두 모녀의 존재가 드러날까 봐 신경 을 곤두세웠지만, 겉으로는 오인숙과 오유미를 사랑하는 척했다. 교활한 인간! 가끔 선물이나 편지를 보내 오인숙의 마음을 주물렀지만 한 번도 오인숙을 찾지는 않았다. 적어도 조두식이 알기로는. 하지만 유미가 대학 입학을 위해 서울로 간 이후에는 오인숙과의 관계도 조금 유연해졌다. 아마도 자신의 딸인 오유미를 만나고 나서 유병수의 심경에 변화가 온 듯했다. 그때 조두식은 천하의 유병수도 핏줄에는 어쩔 수 없구나 싶었다.

유미의 결혼식에서 유병수를 만났다. 그는 복잡한 표정을 짓고 있었다. 아무것도 모르는 유미는 조두식 앞에서 이모부의 팔짱을 끼고 식장에 들어서야 한다고 짜증을 부리고 있었다. 그 옆에서 오인숙이 양아버지인 그가 신부를 인도해야 한다고 유미를 설득했다. 그때까지도 조두식은 남의 혈연에 낀 불청객 같은 심정이었다. 오인숙과 유병수는 서로 무심하게 모른 척했지만, 조두식의 눈을 속일 수는 없었다. 조두식의 가슴에 질투의 불꽃이 피어올랐다. 그럴수록 조두식은 유병수에게 복수를 하고 싶었다. 그러나 그 당시 유병수와 적이 된 윤규섭의 코치로 그의 비리를 모 기관에 투서했다가 오히려 앙갚음을 당해 감방에 갇히는 꼴이 되었다.

그게 복수가 되었는지는 모르겠다. 빈대를 잡으려다 초가삼간을 태운 격인지도 모른다. 오인숙의 마지막 날이 어쩔 수 없이 떠올랐다. 그날은 감방에 있다가 출소한 지 한 달쯤 되는 날이었다. 오랜만에 만난 오인숙은 심신이 황폐해지고 왠지 모르게 그를 피했다. 자신의 전철을 밟지 말라고 일찍 결혼시킨 유미가 집을 뛰쳐나가 행방불명이 된 데다 자신은 세상으로부터 버림받았다는 피해 의식과 심한 우울증에 시달리고 있었다. 그날도 소주에 취해 흐린 눈으로 멍하게 앉아 있었다. 조두식이 그녀를 안으며 말했다.

"이제부터는 내가 인숙이를 지켜 줄게."

그러자 그녀가 코웃음을 치며 비웃었다.

"어디 가서 똥통에 처박혀 있다가 이제 와서 뭐라고? 너만 아니면 나도 사랑받으며 살 수 있었어. 너 말고 사랑하는 사람이랑 살수도 있었다고."

"그게 누구야? 네가 신주처럼 떠받드는 유병수냐? 그놈이 너를 지켜 주기라도 한다냐? 나 없는 새에 두 연놈이 아랫도리를 붙였냐, 응? 그래, 내 그럴 줄 짐작했다."

오인숙이 이를 갈았다.

"더러운 구더기 같은 놈!"

그 말이 조두식을 흥분하게 했다.

"내가 어디 있다 온 줄 알아? 그 악마 같은 유병수 때문에 빵깐에 처박혀 있다 왔다. 유병수야말로 똥처럼 더러운 놈이지."

"네 더러운 입으로 그 사람을 모욕하지 마!"

갑자기 오인숙이 머리를 쥐어뜯고 발악하며 그에게 달려들었다. 그도 이성을 잃기 시작했다. 유병수와의 거래로 평생 입을 다물었던 비밀을 폭로하고 말았다.

"오인숙, 잘 들어. 너는 25년 전에 죽었어야 할 목숨이야. 그걸 내가 살려 준 거야. 내가 너와 네 딸년 오유미의 생명의 은인이야, 알아? 너를 처치하라고 나를 고용한 인간이 누구인 줄 알아? 바로 유병수야! 너는 끝까지 그 인간에게 기만당한 거야."

그녀는 미친 듯이 고개를 흔들었다.

"아니야, 아니야! 너야말로 나를 이용해서 유병수와 윤규섭에게

빌붙어 돈을 뜯어먹은 버러지야. 이 더러운 구더기! "

조두식은 그때 그녀의 입에서 허연 구더기가 마구 기어 나오는 환영을 보았다. 그는 그녀의 얼굴과 몸을 향해 마구 주먹을 날렸다.

"이래도 내 말을 못 믿겠냐?"

그는 그녀에게 계속 다그쳤다. 그녀는 기진맥진하면서도 고개를 세차게 흔들었다.

"야, 이 미련한 년아. 넌 그게 사랑이라고 생각하냐? 미친년!"

그녀가 잠시 후 널브러지자 조두식은 냉장고의 소주를 들이켜고 함께 곯아떨어졌다. 잠깐 흐느끼는 소리를 꿈결에 들은 것도 같았다. 그런데 새벽에 잠에서 깨어 소변을 보러 화장실에 들어갔다가 그는 그만 그 자리에서 소변을 지리고 말았다. 화장실 샤워 봉에 오인숙이 목을 매고 늘어져 있었기 때문이다.

오인숙이 죽고 난 후 유병수가 조두식을 불렀다. 당시의 상황을 전해 들은 그는 착잡한 표정으로 조두식에게 조의금이라며 금일봉을 전했다. 물론 조두식은 유 의원이 오인숙을 죽이라고 사주한 장본인이었다는 진실을 알린 것은 비밀에 부쳤다. 그는 오인숙이 끝까지 자신을 사랑했다고 믿는 눈치였다. 조두식은 잠시 회한 어린 그의 젖은 눈시울을 보았다. 그리고 유병수는 유미의 근황을 알아봐 달라고 했다. 유미의 처참한 상황을 알게 되자 그는 조두식에게 또 하나의 명령을 제시했다. 유미에게 익명으로 비밀리에 새 인생을 지원하고 싶다고. 그때 처음으로 조두식은 유병수의 얼굴에서 자식에 대한 아비의 연민을 보았다.

그때부터였을까. 조두식은 유병수에게 가장 혹독한 복수를 계획

했다. 아비에게 자식이란 그런 것일까? 아무리 어둠 속에 묻어 버리고 싶은 자식이라도 인간의 본능은 어쩔 수 없는 것일까? 오인숙이 죽고 난 후 유병수는 오유미에게 더욱 집착했다. 조두식은 기회를 엿보았다. 한국도 아닌 외국에서 오유미를 몰래 처치하는 것쯤이야……. 유병수에게서 눈물을 보고 싶었다. 사위 황인규에게 접근한 오유미의 동향을 유병수에게 보고했다. 유병수의 노회한 얼굴이 고통으로 일그러졌다. 조두식은 쾌감을 느꼈다. 잘난 척하는 유병수의 얼굴과 죽을 때까지 자신을 버러지 취급했던 오인숙과 쥐방울만 할 때부터 자신을 업신여겼던 유병수의 딸년을 생각하면 치가 떨렸다. 파리에 꽂아 놓은 심복 이유진에게 명령을 내렸다. 그러나 디데이에 오유미를 처치하고 와야 할 이유진이 누군가의 칼에 찔린 채 작업실 근방에서 발견되었다는 또 다른 심복의 보고를 받았다. 겨우 숨이 붙어 있는 이유진을 병원으로 옮겨 놓고 도망쳤다며 이유진은 살기 힘들 거라고 했다. 결국 두 번째 복수도 실패로 끝났다.

세 번째 복수는 그에게 직접 감행했다. 어느 날 밤 그가 집에 혼자 있는 틈을 타서 몰래 침입해 그의 머리를 둔기로 가격했다. 그러나 그는 죽지 않고 뇌신경을 다쳐 걸음을 제대로 걷지 못하게 되었다. 그러나 꾸준한 재활 치료로 휠체어를 타다가 지팡이에 의지하게 되었다. 세 번째 복수는 절반의 성공이었다.

그런데, 그런데 가장 끔찍한 복수는 자신이 당하고 있다니. 유병수, 윤규섭, 조두식. 이 세 마리 어리석은 수컷은 평생 한 여자의 거짓말에 놀아났다. 과학이 오유미와의 부녀 관계를 증명했다면, 자신의 씨가 잉태된 것은 분명 오인숙을 납치 감금했던 그 무렵이다. 그렇다면 스무 살의 오인숙은 유병수와 윤규섭에게 거짓말을 한 게 된다. 그렇다면 가장 화려한 복수를 한 것은 오인숙이 아닐까. 그녀는 남자들을 악랄하게 이용했다. 사랑에는 한없이 연약한 척했으나 교묘하게 복수했고, 경제적으로도 악랄하게 착취했다. 하지만 어쩌면 오인숙조차도 자신의 아이가 누구 씨인지 몰랐던 게 아닐까? 그녀는 죽는 순간까지 진실을 가르쳐 주지 않았다.

어리석고 눈이 어두워 두 번이나 죽으려고 했던 유미에 대해서 그는 아직 혼란스럽기만 하다. 세상에 단 한 점 혈육인 딸아이. 생전 처음으로 아주 복잡한 감정에 빠져드는 게 낯설고 싫을 뿐이다. 다만 진실은 더럽고 추하고 더군다나 위험하기 짝이 없다는 생각에는 변함이 없다. 제 새끼를 죽이려 했던 짐승보다 못한 아비. 아직, 아니 평생 숨겨야 할 이 비밀은 무슨 일이 있어도 그 애에게 고백하지 말아야 한다. 그러니 이 감방에서 썩어야 하는 시간도 나쁘지 않다. 오인숙이 죽고 난 후 유미의 장래를 걱정하던 유병수의 젖은 눈이 떠올랐다. 오유미라면 냉정한 표정 속에서도 한 점 설탕이 녹는 듯한 끈적한 연민의 표정을 짓던 윤규섭의 얼굴도 떠올랐다. 사회적 인간으로서는 거부하고 싶으나 자식에 대한 동물적인 본능을 숨길 수는 없는 것일까.

언젠가는 나도 그런 표정이 자연스레 나올 것인가. 조두식은 잠깐 그런 생각을 해 보았다. 그는 화가 나서 벽에 머리를 세게 박았다. 아아, 이렇게 오인숙에게 엿을 먹다니. 새끼를 밴 암컷은 새끼를 십분 활용하여 보기 좋게 수컷들에게 엿을 먹였다. 하지만 불쌍한 새끼 또한 엿을 먹긴 마찬가지 아니었을까.

*

매스컴에 YB그룹의 각종 비리와 탈세 혐의 등이 연일 오르내리기 시작하더니 윤 회장이 구속되었다는 보도가 나왔다. 윤 회장 수사가 본격적으로 진행되자 유미는 한동안 한국을 떠나 파리로 날아갈 결심을 했다. 다니엘과의 약속도 지켜야 했다. 이제 인생의 새로운 페이지를 넘겨야 할 시점이 된 것 같았다.

질풍노도 같은 현실 속에서도 우주갤러리는 별 탈 없이 순풍에 돛을 단 듯 순항하고 있었다. 그렇게 악착같이 벌려고 했던 돈이 어떤 시스템을 갖추자 힘들이지 않고도 굴러들어 왔다. 화랑은 대표인 우승주와 똘똘한 큐레이터, 그리고 유미와 고객 관리를 하면서 나름대로 수익을 올리는 고수익, 아니 고재형, 프랑스의 다니엘 화랑과 에릭의 경매 회사, 지금은 뉴욕 현지로 파견 나가서 유미 대신 일을 봐주는 박용준의 충성심, 그런 것들이 하모니를 이루어 점점 탄탄하게 내실을 만들어 갔다. 불경기인 미술 시장에서 그렇게 입지를 굳힌 것에 대해 유미는 안도의 한숨을 내쉬었다. 불행하다고만 생각했는데, 돌이켜 보면 유미는 자신이 운이 좋은 사람인 것 같다는 생각도 들었다. 수많은 난관과 장애를 헤치고 나와 바라본 세상은 이상하게도 한참 악을 쓰며 울다 지친 아이의 눈에 들어온 노을 진 하늘처럼 처연했다.

유미는 작년에 윤 회장에게 쫓겨 프랑스로 가기 전에 보았던 강화 바다의 노을이 떠올랐다. 갑자기 어디론가 떠나 일몰을 보고 싶다는 생각이 들었을 때 전화가 걸려 왔다. 다니엘이었다. 요즘 한동안 힘든 일을 겪으면서 유미는 다니엘에게 소홀했다. 자주 통화를 못 했다. 웬일인지 다니엘도 한동안 전화하지 않았다.

다니엘이 기운 없지만 차분한 목소리로 말했다.

"로즈, 오랜만이야. 보고 싶소."

"다니엘, 미안해요. 제가 그동안 너무 바빠서……."

"그랬겠지. 하지만 파리로 빨리 좀 와 주면 좋겠어."

아, 벌써 계약 갱신 기간이 되었나……? 아니면 다니엘이 결혼을 원하는 건가?

"다니엘, 미안해요. 난 아직 결혼은 자신이 없어……."

유미가 넘겨짚고 말하자 다니엘이 말을 끊었다.

"나도 결혼은 자신이 없어. 다만 내가 지난번에 말한 약속을 지키고 싶어."

약속? 약속이 뭐였더라? 결혼 약속 말고……?

"내가 떠나기 전에 로즈를 보고 싶어."

"어머, 어디 가세요?"

"으음, 그래."

"함께 가요. 우리 제주도에서 바라보던 일몰 기억나요?"

"그럼, 허니문의 섬. 일몰이라…… 해가 넘어가는 건 정말 순식간이야."

"멋진 데로 떠나는 거면 나도 데려가 줘요."

"함께 갈 수 없는 곳이야. 내가 먼저 가서 기다려야 할 거 같은데……."

"어머, 다른 여자랑 가는 건 아니겠죠? 내가 그동안 너무 방심했나 봐."

유미가 삐친 척 말했으나 다니엘은 대답이 없었다.

"다니엘?"

"……내가 좀 아파. 보고 싶어. 빨리 와."

잔뜩 감정을 억누른 먹먹한 목소리로 말하고는 다니엘은 갑자기 전화를 끊었다. 다시 전화를 걸어 보았으나 통화로 연결되지 않았다. 유미는 대신 에릭에게 전화를 걸었다.

"에릭! 다니엘에게 무슨 일이 있어요?"

"으음…… 그게 아버지가 췌장암 말기예요. 요즘 병원에 계시는데…… 아무에게도 알리지 말라고 하시지만 상태가 좀……."

"왜 진작 내게 알리지 않았어요!"

유미는 화가 나서 소리를 질렀다. 혹시라도 상속을 뺏기는 일이 있을까 봐 에릭이 연락하지 않았을까.

"나도 얼마 전에야 알았어요. 아버지가 알리지 말라고 명령했어요."

전화를 끊고 유미는 바로 다음 날 출발할 수 있는 파리행 비행기 티켓을 샀다. 그래서였을까? 두 달 전 서울에 왔을 때 그는 몹시도 힘겹고 피로해 보였다. 유미는 마지막으로 그가 지키려 하는 약속을 어렴풋이 기억해 냈다. 좀 전의 슬프고 기운 없는 다니엘의 목소리가 떠올랐다. 일몰이라…… 해가 넘어가는 건 정말 순식간이야.

유미는 그 말이 무슨 주술이라도 되는 듯이 시계를 보고는 차에 올라탔다. 강화도로 달렸다. 해가 숨이 꼴딱 넘어가기 전에 도착하고 싶었다. 그리고 수평선 아래로 해가 넘어가기 전에 석양을 바라보며 다니엘을 살려 달라고 간절하게 기도하고 싶었다. 그것만이 유일한 희망인 것처럼 유미는 달렸다.

에필로그

　유미의 마흔두 번째 생일이었던 어제는 '뻐꾸기둥지'의 개원 3주년 축하 파티가 열렸다. 뻐꾸기둥지는 바다가 내려다보이는 언덕에 자리 잡고 있는 미혼모와 아기들을 위해 지은 집이다. 이곳은 유미를 낳고 평생 미혼모로 살았던 엄마가 유일한 유산으로 남긴 바로 그 땅이다. 엄마의 사후에 이모로부터 땅문서를 건네받고 나서 유미가 주변의 땅을 더 사들여 집을 지은 지 3년이 넘었다. 엄마의 넋이라도 위로하고 싶은 생각에 추진한 일이었다. 자신의 둥지에 알을 낳지 못하는, 아니 둥지조차 없는 가없은 '뻐꾸기'들을 위한 안전한 둥지 같은 사설 보호시설이었다. 미혼모들이 편안하게 아이를 낳고 아이와 함께 독립할 때까지 머무는 공동체 시설인데, 시설을 확장해야 할 기로에 놓였다. 마침 YB그룹의 윤동진이 지원을 약속해서 어제 하객들을 불러 파티를 열었다.

　유미는 다니엘의 마지막 시간을 함께하기 위해 파리로 떠나 그의 임종을 보고 다시 한국으로 돌아왔다. 다니엘과 유미는 결혼하지 않았다. 하지만 다니엘은 약속대로 그의 그림 창고에서 유미가 원하는 그림을 몇 점 고르게 했다. 피카소와 고흐의 유화 서너 점을 골랐다. 다니엘은 자신이 가지고 있던 모든 그림을 미술관에 기증하고 떠나고 싶어 했다. 그리고 화랑의 경영권을 유미에게 물려주었다. 에릭은 부동산 이외에는 그림 유산을 한 점도 받지 못했다.

유미는 서울과 파리에 있는 화랑 운영에 힘썼다. 처음에 다니엘이 떠난 그의 화랑은 옛날의 영화를 다시 찾기 힘들어 보였다. 그러나 작년부터 궤도에 오르기 시작해서 지금은 서울의 코스모스 갤러리와 더불어 명실공히 코즈모폴리턴적인 화랑으로 우뚝 섰다. 이유진의 특별 전시를 두 차례 열어 그의 재기를 도왔다는 것에도 유미는 깊은 만족을 느꼈다. 유미는 두 나라를 오가며 지내고 있다. 누군가는 그런 유미를 보고 영원한 자유인이라 불렀다. 이제는 모든 욕망에 적당한 거리를 둘 수 있을 것 같았다. 욕망이란 채울 수 없는 그릇이란 걸 알기 때문이다.

뻐꾸기둥지 3주년 축하 기념식은 그런 의미에서 유미에게 인생에 대한 새로운 의미를 부여하는 세리머니였다. 어느 인터넷 매체에 'YB그룹, 뻐꾸기둥지와 결연식'이라는 기사 제목이 'YB그룹, 뻐꾸기둥지와 결혼식'이라고 잘못 나온 바람에 한때 윤동진과 오유미가 결혼한다는 헛소문이 네티즌들 사이에서 잠깐 떠돌았다. 윤동진은 강애리와 작년에 합의이혼했다. 윤동진은 어떤지 모르지만, 유미의 사전에 '리바이벌' 같은 단어는 존재하지 않는다. '서바이벌'이라면 모르지만. YB그룹 윤 회장은 불법 비자금과 탈세 혐의로 인해 일선에서 물러났고, 그룹 경영은 두 아들이 나눠 맡게 되었다.

그사이에 지완은 재혼했고, 지완의 아버지 유 의원은 치매 증상까지 나타나 고생하다가 올해 초 세상을 떴다. 딱 한 번 지완과 요양원에 병문안을 간 적이 있는데, 희한하게도 유미를 보고 자기 딸이라며 붙들고 울었다. 지완은 그런 아버지를 보고 치매가 더 심해졌다며 빨리 돌아가셔야 한다고 투덜댔다.

조두식은 여전히 감방에서 조용히 '발효'되고 있었다. '발효'라고 표현한 것은 그의 평생, 유일하게 고요하고 성숙한 시간을 보내고 있는 듯했기 때문이다. 유미는 작년 이맘때쯤 처음으로 그를 '아버지'라고 불러 주었다. 잠깐 그의 눈에 어렸던 물기가 낯설어서 얼른 고개를 돌렸지만 그 모습을 오랫동안 잊을 수 없었다. 이제 내년 이맘때면 그가 만기 출소한다고 한다.

박용준은 한때 우주갤러리에서 고재형과 개와 고양이 같은 사이로 지냈다. 유미에게 평생 충성을 다짐했던 그이지만, 결국 우주갤러리의 큐레이터와 몰래 연애를 하더니 백년가약을 맺었다.

결국 유미에게 늘 백년가약을 주장하던 고재형만이 유미의 곁에 가장 오래 붙어 있는 남자가 되었다. 게다가 그는 이곳, 뻐꾸기둥지에서 많은 아이들의 유일한 아빠다. 뻐꾸기둥지의 아기들이 말을 배울 때면, 아기들은 모두 고재형을 '아빠'라 불렀다. 아기들에게 유미는 여러 엄마들 중 하나일 뿐이다. 화랑 일에 매력을 못 느끼던 그는 뻐꾸기둥지로 내려와 시설의 일을 도왔다. 사람들은 그가 유미의 남편이라고 오해를 하기도 한다. 하지만 고재형의 청혼을 유미는 3년째 보류하고 있다.

어제 파티에서 우연히 윤동진, 박용준, 고재형, 정효 스님, 이유진이 한자리에 모이게 되었다. 그들과 샴페인을 터뜨리며 속으로 미소를 지었다. 하나만 골라 평생을 산다면 얼마나 억울하고 지루할까. 기둥이야 많을수록 든든하지.

어제의 일을 떠올리며 지금 유미는 뻐꾸기둥지 사무실에서 오랜만에 일기장을 꺼내 일기를 적는다.

짐승은 발정하지만 인간은 유혹한다. 그러니 유혹하는 인간은 인간적이다. 너무도 인간적이다. 그는 삶을, 인생을 아는 사람이기에. 삶은, 삶은 달걀이 아니라 달걀을 만들기 위한 애처로운 몸짓이기에. 유혹은 또 다른 삶의 의지이자 에너지다. 내가 이곳의 힘없는 여자들과 아이들을 품어야 하는 이유이기도 하다.

여기까지 쓰고 있는데 두 돌배기 여자 아기가 뒤뚱뒤뚱 걸어와 유미의 무릎에 올라앉으려 한다. 유미가 아이를 안아 올리자 유미가 쥐고 있던 볼펜을 아이가 빼앗아 일기장에 휘휘 낙서를 하기 시작한다.

"엄마한테 가."

"함미, 함미 좋아."

아이가 고개를 흔들자 유미는 아이의 머리꼭지에 뽀뽀를 한다. 유미를 유일하게 '함미'라 부르는 아이.

"보람아! 할머니 방해하지 말고 이리 와."

사촌 수민이 들어와서 재촉한다. 아이들을 끔찍이 좋아하지만 아이를 낳을 수 없는 트랜스젠더 수민 또한 뻐꾸기둥지에서 일을 도와주고 있다.

유미가 이 시설 운영에 애착을 느끼는 또 다른 이유는 설희 때문이다. 이런 것도 모전여전일까? 팔자도 세습되는 걸까? 설희는 대학에 낙방하고 재수를 하던 중에 뜻하지 않은 임신을 하게 되었다. 지금 아이의 아빠는 군에 가 있지만, 설희는 아이 아빠를 사랑하지 않는다고 한다. 그러나 아이는 낳고 싶다고 우겼다. 설희는 지금 뻐꾸기둥지에서 보람이를 돌보며 대학에 입학하여 공부하고 있다.

유미는 이 집 아기들의 엄마 노릇도 하면서 한 아이의 할머니이기도 한 인생이, 생각해 보면 참 우습다. 아직 거울을 보면 30대 초반이라 해도 믿을 외모지만, 그 몸뚱이 안에 화석처럼 온갖 상처와 영광이 새겨졌을 자신의 인생이 유미는 애틋하고 대견하다.

바다의 수면이 저물녘의 햇빛 속에 은사(銀絲)로 짠 무대의상처럼 반짝인다. 너무 고요해서 갈매기 두 마리가 날지 않는다면 마치 그림 같은 정경이다. 갈매기식당의 초라하고 외롭던 여자아이가 참으로 먼 곳을 돌아 이제 고향으로 돌아왔다. 모든 탄생에는 의미가 있겠지만 어제 아름다운 생일을 보낸 유미는 새삼 자신을 낳아 준 엄마가 고마웠다.

그때 휴대폰이 울렸다. 새로운 유혹자가 흥분을 억누르며 내는 저음의 속삭이는 목소리.

"여보세요? 유미 씨, 오늘 저녁 약속 잊지 않았지?"

유미의 얼굴에 홍조가 노을처럼 번진다.

"어머! 잊을 뻔했네. 좀 있다 KTX 타고 서울 도착하면 9시가 넘을 텐데 괜찮아요?"

"밤은 길어요. 기다릴게요."

장미 꽃잎이 벌어지듯 유미는 살포시 입술을 벌려 미소를 짓는다. 사랑이 항상 달콤하진 않지만, 사랑의 예감은 언제나 설렌다.

(끝)

이 책의 마지막 말을 쓰는 것이 왜 이리 힘들까요. 2년간 연재를 하는 동안에는 5000매에 육박하는 원고를 써냈으면서 말입니다. 이상한 후유증 같기도 하네요. 《문화일보》 연재소설의 마침표를 찍은 지난해 11월 이후로 지친 몸과 마음이 도미노처럼 무너져 내려 맥을 놓고 있다가 이제야 『유혹』 2부를 완간하게 되었습니다.

작년 7월에 『유혹』 1부를 내고 나니, 독자분들이 주인공 오유미의 연애와 섹스에 대해 흥미 있는 관심을 많이 보여 주시더군요.
그러나 이 소설은 'sex'뿐만 아니라 'sexuality'에 관한 이야기이기도 합니다. 두 단어의 사전적 의미는 이렇습니다.

◦ sex_ 생물학적으로 남자와 여자를 구별할 때 사용하거나 육체적인 성관계를 표현할 때 사용한다.

° sexuality_ 성행위에 대한 인간의 성적 욕망과 성적 행위, 그리고 이와 관련된 사회제도와 규범 들을 뜻한다.

섹스는 육체를 가진 인간의 숙명적인 몸부림이며 욕망과 사랑, 연애는 모두 그것의 다양한 변주입니다. 1부에서 유혹의 다양한 전략으로서 그것의 파노라마가 펼쳐진다면, 2부에서는 짐승과 달리 인간 사회에서의 성이 어디까지 갈 수 있는지, 그리고 욕망의 근원과 유혹의 종착역을 찾아가는, 복수와 정체성 탐색의 이야기가 펼쳐집니다. 지성과 재능의 한계를 느끼며 쓰느라 고통스럽기도 했지만, 최대한 저 스스로 즐기면서 쓰자고 다독였습니다. 그러나 마침내 마침표를 찍고 완간을 앞둔 지금, 아쉽고 부끄러운 생각이 많이 듭니다.

「섹스 앤 더 시티」나 「맘마 미아」를 떠올리셔도 되지만, 어디까지나 '한국판'이라는 수식어에 방점을 찍어야 할 것 같습니다. 이제 변명과 사족에 불과한 작가의 말은 이만 마치고 싶습니다. 저의 의도가 어떠하든, 책을 읽고 싶은 유혹을 느끼는 것은 모두 독자 여러분의 몫이니까요.

이 책이 완간되기까지는 많은 분들의 도움과 노고, 가족들의 사랑과 기도가 함께했습니다. 마음으로 뜨거운 감사의 인사를 대신 올립니다. 그리고 연재 당시에 삽화를 그려 주셨던 강길성 선생님께 깊은 감사를 전하고 싶습니다. 이인삼각 경기의 파트너처럼 함

께 달렸는데, 막바지에 병마로 쓰러지신 그분의 쾌유를 진심으로
빕니다.

2012년 5월, 아카시아 향 짙은 밤에

권지예

권지예

1960년 경북 경주에서 태어나 서울에서 자랐다. 이화여대에서 영문학을 전공했고 프랑스 파리7대학 동양학부에서 '한국 근대문학에 나타난 여주인공들의 섹슈얼리티를 통한 여성상'을 주제로 박사학위를 받았다. 유학 중인 1997년《라쁠륨》에 단편「꿈꾸는 마리오네뜨」를 발표하며 등단했다.

장편소설『4월의 물고기』,『붉은 비단보』,『아름다운 지옥』과 소설집『퍼즐』,『꽃게무덤』,『폭소』,『꿈꾸는 마리오네뜨』가 있다. 그림소설집『사랑하거나 미치거나』,『서른일곱에 별이 된 남자』와 산문집『권지예의 빠리, 빠리, 빠리』,『해피홀릭』등이 있다.

2002년「뱀장어 스튜」로 이상문학상을, 2005년『꽃게무덤』으로 동인문학상을 수상했다.

유혹 5

권지예 장편소설

1판 1쇄 찍음 2012년 5월 11일
1판 1쇄 펴냄 2012년 5월 18일

지은이 | 권지예
발행인 | 박근섭·박상준
편집인 | 장은수
펴낸곳 | (주)민음사

출판등록 | 1966. 5. 19. 제16-490호
주소 | 서울시 강남구 신사동 506번지 강남출판문화센터 5층 (135-887)
대표전화 | 515-2000 | 팩시밀리 | 515-2007
홈페이지 | www.minumsa.com

ISBN 978-89-374-8381-3 (04810)
ISBN 978-89-374-8376-9 (세트)